Mit diesem Band werden drei wichtige Bereiche der Dichtung Pessoas, die er unter seinem eigenen Namen geschrieben hat, mit ihren eindrucksvollsten Texten vorgestellt.

Unter dem Titel *Esoterische Gedichte* sind jene lyrischen Texte metaphysischer Ausrichtung zusammengefaßt, in denen nicht wie sonst so oft bei Pessoa Ich-Probleme im Vordergrund stehen, sondern die Frage nach dem Sinn der menschlichen Existenz und der Beziehung zwischen Mensch und Gottheit im allgemeinen. Zeit seines Lebens hat sich Pessoa mit religiösen Strömungen auseinandergesetzt, sich für Theosophie, Geheimorden und Okkultismus interessiert.

Mensagem (›Botschaft‹) ist die einzige von Pessoa für eine Veröffentlichung (1934) durchkomponierte Gedichtfolge. Sie antwortet auf das portugiesische Nationalepos ›Die Lusiaden‹ des Luís de Comões, indem sie, die großen Gestalten und entscheidenden Momente der portugiesischen Geschichte emblematisch überhöhend, das moderne Portugal zu einer neuen welthistorischen Mission aufruft. Pessoa bewarb sich mit *Mensagem* um einen vom Propagandaministerium ausgeschriebenen Literaturpreis – sein Preis »zweiter Klasse« blieb seine einzige nennenswerte literarische Einnahme zu Lebzeiten.

Pessoas *Englische Gedichte* sind mit dem Band ›35 Sonette‹ und der Elegie ›Antinoos‹ vertreten, einem glühenden homoerotischen Liebesgedicht, das eingebettet ist in die Klage des Kaisers Hadrian um den Tod seines Geliebten, des schönen Jünglings Antinoos. Wohl nicht ohne Grund hat Pessoa den ›Antinoos‹ in englischer Sprache geschrieben, aber in Portugal, nicht in England veröffentlicht.

Fernando Pessoa, der wohl bedeutendste moderne Dichter Portugals, wurde 1888 in Lissabon geboren; er verbrachte seine Jugend in Durban in Südafrika, wo sein Stiefvater Konsul war. Mit 17 Jahren kehrte er nach Lissabon zurück und führte dort bis zu seinem Tod eine äußerst unscheinbare Existenz als Handelskorrespondent. Pessoa schrieb für die Truhe. Sein literarischer Nachlaß, der 27453 Manuskripte umfaßt, enthält Lyrik, dramatische Skizzen, politische, soziologische und essayistische Schriften.

Im Fischer Taschenbuch Verlag sind von Pessoa außerdem ›Das Buch der Unruhe‹ (Bd. 9131), ›Alberto Caeiro/Dichtungen, Ricardo Reis/Oden‹ (Bd. 9132), ›Ein anarchistischer Bankier‹ (Bd. 10306), ›Alvaro de Campos. Gedichte‹ (Bd. 10693), das Lesebuch ›Algebra der Geheimnisse‹ (Bd. 9133) und ein Band ›Dokumente zur Person und ausgewählte Briefe‹ (Bd. 11147) erschienen.

Fernando Pessoa

Esoterische Gedichte
Mensagem
Englische Gedichte

Portugiesisch, Englisch
und Deutsch

Aus dem Portugiesischen und Englischen
übersetzt und mit einem Nachwort versehen von
Georg Rudolf Lind

Fischer Taschenbuch Verlag

Veröffentlicht im Fischer Taschenbuch Verlag GmbH,
Frankfurt am Main, Juli 1994

Lizenzausgabe mit freundlicher Genehmigung
der Ammann Verlags AG, Zürich

Druck und Bindung: Clausen & Bosse, Leck
Printed in Germany
ISBN 3-596-12182-5

Gedruckt auf chlor- und säurefreiem Papier

Esoterische Gedichte

Abdicação

Toma-me, ó noite eterna, nos teus braços
E chama-me teu filho.
Eu sou um rei
Que voluntariamente abandonei
O meu trono de sonhos e cansaços.

Minha espada, pesada a braços lassos,
Em mãos viris e calmas entreguei;
E meu ceptro e coroa – eu os deixei
Na antecâmara, feitos em pedaços.

Minha cota de malha, tão inútil,
Minhas esporas, de um tinir tão fútil,
Deixei-as pela fria escadaria.

Despi a realeza, corpo e alma,
E regressei à noite antiga e calma
Como a paisagem ao morrer do dia.

Janeiro de 1913

Abdankung

Nimm mich in deine Arme, ewige Nacht,
ich bin ein König, nenn mich deinen Sohn,
freiwillig dankt' ich ab von meinem Thron,
der Träume nur und Müdigkeit gebracht.

Mein Schwert, das meinen matten Armen schon
zu schwer ward, hab' ich stärkrer Hand vermacht.
Zerbrochen, ließ ich in dem Vorsaal Kron
und Zepter liegen, Zeichen meiner Macht.

Ich hinterließ im kalten Treppenhaus
die Sporen, deren Klirren mich betrog,
mein Panzerhemd, das ohne Wert. Ich zog

mein Königtum, den Leib, die Seele, aus
und kehrte heim zur alten, stillen Nacht
wie eine Landschaft, wenn der Tag vollbracht.

Além-Deus

I ABISMO

Olho o Tejo, e de tal arte
Que me esquece olhar olhando,
E súbito isto me bate
De encontro ao devaneando –
O que é ser-rio, e correr?

Tudo de repente é oco –
Mesmo o meu estar a pensar.
Tudo – eu e o mundo em redor –
Fica mais que exterior.

Perde tudo o ser, ficar,
E do pensar se me some.
Fico sem poder ligar
Ser, ideia, alma de nome
A mim, à terra e aos céus ...

E súbito encontro Deus.

III A VOZ DE DEUS

Brilha uma voz na noute ...
De dentro de Fora ouvi-a ...
Ó Universo, eu sou-te ...
Oh, o horror da alegria
Deste pavor, do archote
Se apagar, que me guia!

Cinzas de ideia e de nome
Em mim, e a voz: *Ó mundo,*
Sermente em ti eu sou-me ...
Mero eco de mim, me inundo
De ondas de negro lume
Em que pra Deus me afundo.

1913

Jenseits von Gott

I ABGRUND

Ich schaue auf den Tejo, so vertieft,
daß ich im Schaun das Schaun vergesse,
und während ich noch sinne, faßt mich
urplötzlich der Gedanke an:
was heißt denn Flußsein, was heißt Fließen?

Alles erscheint mir jählings nichtig –
sogar das eben noch Gedachte.
Alles – die Außenwelt, mein Ich –
es wird mir mehr als äußerlich.

Alles verliert sein Sein und Hier,
ich seh's aus meinem Denken schwinden.
Ich stehe da und kann auf einmal
Sein, Seele und Idee mit mir
und Erd und Himmel nicht verbinden ...

Und plötzlich stoße ich auf Gott.

III DIE STIMME GOTTES

Es glänzt eine Stimme bei Nacht ...
Ich hört' sie im inneren Außen ...
O Welt, ich bin du, gib acht!
O freudiges Grausen,
erschreckende Macht,
die leitende Fackel löscht aus!

Es stäuben Ideen und Namen in mich,
und die Stimme tönt mir: *O Welt,*
in dir seiend bin ich mein Ich!
Mein eigenes Echo nur, fällt
in mich ein schwarzes Licht,
worin ich zu Gott versinke.

Passos da cruz

VI

Venho de longe e trago no perfil,
Em forma nevoenta e afastada,
O perfil de outro ser que desagrada
Ao meu actual recorte humano e vil.

Outrora fui talvez, não Boabdil,
Mas o seu mero último olhar, da estrada
Dado ao deixado vulto de Granada,
Recorte frio sob o unido anil . . .

Hoje sou a saudade imperial
Do que já na distância de mim vi . . .
Eu próprio sou aquilo que perdi . . .

E nesta estrada para Desigual
Florem em esguia glória marginal
Os girassóis do império que morri . . .

Kreuzweg

VI

Von fernher komm' ich, trage im Profil
das Abbild, in erloschener Kontur,
des anderen Wesens, dessen hohe Spur
der Mißgestalt von heute nicht gefiel.

Vielleicht war ich dereinst, nicht Boabdil,
aber sein letzter Blick aus ferner Flur,
der abschiednehmend auf Granada fiel,
eisige Silhouette im Azur.

Heut' bin ich nur ein herrscherliches Dürsten
nach ihm, dem allzu fern erblickten Fürsten.
Ich selbst bin das, was ich verlor. Am Rande

der Straße nach dem ungewissen Lande
blühen die Sonnenblumen, hoch und schlank,
des Reiches, das mit mir in Nacht versank.

XIII

Emissário de um rei desconhecido,
Eu cumpro informes instruções de além,
E as bruscas frases que aos meus lábios vêm
Soam-me a um outro e anómalo sentido...

Inconscientemente me divido
Entre mim e a missão que o meu ser tem,
E a glória do meu Rei dá-me o desdém
Por este humano povo entre quem lido...

Não sei se existe o Rei que me mandou,
Minha missão será eu a esquecer,
Meu orgulho o deserto em que em mim estou...

Mas ah, eu sinto-me altas tradições
De antes de tempo e espaço e vida e ser...
Já viram Deus as minhas sensações...

1914

XIII

Des unbekannten Königs Bote bin ich,
gehorche überirdischen Befehlen;
die Sätze, die sich auf die Lippen stehlen,
klingen mir fremd und doppelsinnig.

Unbewußt teile ich mein Erdensein
in mich und die Mission, die mir verhängt.
Des Königs Ruhm flößt mir Verachtung ein
für allen Pöbel, der mich hart bedrängt.

Ich weiß nichts von dem König, der mich schickt.
Meine Mission wird sein, sie zu vergessen.
Die Wüste in mir, weil ich so vermessen –

Und doch! Ich fühl's, daß hohe Traditionen,
älter als Raum und Zeit, mir innewohnen.
Und meine Sinne haben Gott erblickt.

Meu pensamento é um rio subterrâneo.
Para que terras vai e donde vem?
Não sei ... Na noite em que o meu ser o tem
Emerge dele um ruído subitâneo

De origens no Mistério extraviadas
De eu compreendê-las ..., misteriosas fontes
Habitando a distância de ermos montes
Onde os momentos são a Deus chegados ...

De vez em quando luze em minha mágoa,
Como um farol num mar desconhecido,
Um movimento de correr, perdido
Em mim, um pálido soluço de água ...

E eu relembro de tempos mais antigos
Que a minha consciência da ilusão
Águas divinas percorrendo o chão
De verdores uníssonos e amigos,

E a ideia de uma Pátria anterior
À forma consciente do meu ser
Dói-me no que desejo, e vem bater
Como uma onda de encontro à minha dor.

Escuto-o ... Ao longe, no meu vago tacto
Da minha alma, perdido som incerto,
Como um eterno rio indescoberto,
Mais que a ideia de rio certo e abstracto ...

E p'ra onde é que ele vai, que se extravia
Do meu ouvi-lo? A que cavernas desce?
Em que frios de Assombro é que arrefece?
De que névoas soturnas se anuvia?

Não sei ... Eu perco-o ... E outra vez regressa
A luz e a cor do mundo claro e actual,
E na interior distância do meu Real
Como se a alma acabasse, o rio cessa ...

5. 11. 1914

Mein Denken ist ein Strom unter der Erde.
Wo kommt er her und wohin geht sein Lauf?
Wer weiß? ... Nachts, wenn ich seiner inne werde,
dann steigt aus ihm ein jähes Rauschen auf

geheimnisvollen Ursprungs, dem Verstehen
entzogen ... Rätselhafte, ferne Quellen
verströmen in der Ödnis ihre Wellen,
dort wo zu Gott die Augenblicke gehen.

Zuweilen zuckt in meinem Elend auf
wie Leuchtturmschein auf unbekanntem Meer
verlornen Lichtstrahls wandernder Verlauf,
Gewässer schluchzen in mir blaß und schwer...

Und ich entsinne mich an ältre Zeiten
als sie im täuschenden Bewußtsein blühn,
göttliche Wasser durch die Wiesen gleiten
mit freundlichem einträchtigem Grün,

und der Gedanke an ein Vaterland,
älter als mir mein eignes Sein bewußt,
drückt schwer auf mein Verlangen, meine Lust,
rollt wogengleich auf meines Kummers Strand.

Ich lausch' ihm ... In der Ferne rauscht verdeckt
für mich mit undeutlichem Klang und Ton,
dem Strome gleich, ewig und unentdeckt,
mehr als des Stroms erdachte Abstraktion.

Wohin verströmt er, schwindet unmerklich
dem Ohr? Zu welchen Höhlen sinkt er ab?
Auf welche Kälte stimmt er sich herab?
In welche düsteren Nebel hüllt er sich?

Ich weiß es nicht ... Und ohne Widerstände
umgibt mich neu der Umwelt Heiterkeit;
im fernen Innern meiner Wirklichkeit
versiegt der Strom, als ob die Seele ende.

O mundo rui a meu redor, escombro a escombro.
Os meus sentidos oscilam, bandeira rota ao vento.
Que sombra de que o sol enche de frio e de assombro
A estrada vazia do conseguimento?

Busca um porto longe uma nau desconhecida
E esse é todo o sentido da minha vida.

Por um mar azul nocturno, estrelado no fundo,
Segue a sua rota a nau exterior ao mundo.

Mas o sentido de tudo está fechado no pasmo
Que exala a chama negra que acende em meu entusiasmo

Súbitas confissões de outro que eu fui outrora
Antes da vida e viu Deus e eu não o sou agora.

10. 2. 1917

Natal

Nasce um deus. Outros morrem. A Verdade
Nem veio nem se foi: o Erro mudou.
Temos agora uma outra Eternidade,
E era sempre melhor o que passou.

Cega, a Ciência a inútil gleba lavra.
Louca, a Fé vive o sonho do seu culto.
Um novo deus é só uma palavra.
Não procures nem creias: tudo é oculto.

1922

Es fällt die Welt rings um mich her in Trümmer.
Die Sinne schwanken, windzerfetzte Fahnen.
Welch Schatten welcher Sonne fällt mir immer
so kalt auf des Vollbringens leere Bahnen?

Den Hafen suchend, fährt ein unbekanntes Schiff dahin,
und das ist meines Lebens ganzer Sinn.

Über das nächtlich blaue Meer, so sternerhellt,
verfolgt das Schiff den Kurs, ganz außerhalb der Welt.

Doch liegt der Sinn von alledem im Grau'n begründet,
und schwarze Flamme, von Begeisterung entzündet,

haucht die Bekenntnisse des andern, der ich war, in meinem Sinn,
der, vor dem Leben, Gott sah, und ich nicht mehr bin.

Weihnachten

Ein Gott erscheint, und andre müssen weichen.
Statt Wahrheit Irrtum nur mit neuen Zeichen.
Wir stehen jetzt in andrer Ewigkeit,
und dennoch: besser war die alte Zeit.

Blind pflügt die Wissenschaft die Erde um.
Im Wahn erträumt der Glaube seinen Kult.
Ein neuer Gott ist nur ein Wort. Darum
glaub nicht und such nicht: Alles ist okkult.

Gomes Leal

Sagra, sinistro, a alguns o astro baço.
Seus três anéis irreversíveis são
A desgraça, a tristeza, a solidão.
Oito luas fatais fitam no espaço.

Este, poeta, Apolo em seu regaço
A Saturno entregou. A plúmbea mão
Lhe ergueu ao alto o aflito coração,
E, erguido, o apertou, sangrando lasso.

Inúteis oito luas da loucura
Quando a cintura tríplice denota
Solidão e desgraça e amargura!

Mas da noite sem fim um rastro brota,
Vestígios de maligna formosura:
É a lua além de Deus, álgida e ignota.

27. 1. 1924

Mas o hóspede inconvidado
Que mora no meu destino,
Que não sei como é chegado,
Nem de que honras é dino.

Constrange meu ser de casa
A adaptações de disfarce.

7. 4. 1929

Gomes Leal

Schon manche hat der trübe Stern geweiht
mit seinen drei unumkehrbaren Ringen:
Mißgeschick, Kummer, Einsamkeit.
Acht Monde stehn im Raum, die Unheil bringen.

In seinem Schoß verschrieb Apollo diesen
Dichter Saturn. Es hat bedrängten Mut
die Hand aus Blei auf hohen Weg verwiesen.
Dort preßt das Herz sie, und es strömt sein Blut.

Umsonst acht Monde Geistesfinsternis;
es weist das dreigeflochtene Gürtelband
auf Einsamkeit und Leid und Bitternis.

Doch in der Nacht, die nimmer aufhört, wohnt
der bösen Schönheit Spur: es ist der Mond
jenseits von Gott, eisig und unbekannt.

Von dem ungebetenen Gast,
der in meinem Schicksal wohnt,
weiß ich nicht, wie er Fuß gefaßt,
nicht, ob er die Ehren lohnt.

Zwingt mir mein gewohntes Sein
zu der Maske falschem Schein.

O último sortilégio

»Já repeti o antigo encantamento,
E a grande Deusa aos olhos se negou,
Já repeti, nas pausas do amplo vento,
As orações cuja alma é um ser fecundo.
Nada me o abismo deu ou o céu mostrou.
Só o vento volta onde estou toda e só,
E tudo dorme no confuso mundo.

»Outrora meu condão fadava as sarças
E a minha evocação do solo erguia
Presenças concentradas das que esparsas
Dormem nas formas naturais das coisas.
Outrora a minha voz acontecia.
Fadas e elfos, se eu chamasse, via,
E as folhas da floresta eram lustrosas.

»Minha varinha, com que da vontade
Falava às existências essenciais,
Já não conhece a minha realidade.
Já, se o círculo traço, não há nada,
Murmura o vento alheio extintos ais,
E ao luar que sobe além dos matagais
Não sou mais do que os bosques ou a estrada.

»Já me falece o dom com que me amavam.
Já me não torno a forma e o fim da vida
A quantos que, buscando-os, me buscavam.
Já, praia, o mar dos braços não me inunda.
Nem já me vejo ao sol saudado erguida,
Ou, em êxtase mágico perdida,
Ao luar, à boca da caverna funda.

Der letzte Zauber

»Die alten Zaubersprüche wiederholt' ich,
und dennoch bleibt die große Göttin fern.
Ich wiederholte, wenn die Windsbraut ruhte,
Gebete, deren Seele fruchtbar ist.
Doch nichts enthüllten Abgrund oder Himmel.
Nur Wind kehrt wieder dort, wo ich allein,
und alles schläft in der verworrnen Welt.

»Einst setzt' mein Stab den Dornenbusch in Flammen,
wenn ich beschwor, dann stiegen aus dem Boden
geballte Gegenwarten, die verstreut sonst
in der Naturgestalt der Dinge schlummern.
Einst wurde meine Stimme zum Ereignis.
Feen und Elfen sah ich, wenn ich rief,
und alle Waldesblätter strahlten Glanz aus.

»Mein Zauberstab, mit dem ich meinen Willen
allem, was wesenhaft vorhanden, kundtat,
will nicht mehr anerkennen meine Wirklichkeit.
Zieh' ich den Kreis, so ist nichts mehr vorhanden,
es säuselt fremder Wind erloschne Seufzer,
und für den Mond, der hinter Büschen aufsteigt,
bin ich nicht mehr als Wälder oder Straße.

»Die Kraft erlischt, für die man mich geliebt.
Nicht länger bin ich Form und Ziel des Lebens
für alle, die, sie suchend, mich gesucht.
Mich Strand bespült nicht mehr das Meer der Arme.
Ich seh' mich nicht zum Sonnengruß entrückt
oder verlor'n in magische Entzückung
im Mondlicht an der tiefen Höhle Eingang.

»Já as sacras potências infernais,
Que dormentes sem deuses nem destino,
À substância das coisas são iguais,
Não ouvem minha voz ou os nomes seus,
A música partiu-se do meu hino.
Já meu furor astral não é divino
Nem meu corpo pensado é já um deus.

»E as longínquas deidades do atro poço,
Que tantas vezes, pálida, evoquei
Com a raiva de amar em alvoroço,
Inevocadas hoje ante mim estão.
Como, sem que as amasse, eu as chamei,
Agora, que não amo, as tenho, e sei
Que meu vendido ser consumirão.

»Tu, porém, Sol, cujo ouro me foi presa,
Tu, Lua, cuja prata converti,
Se já não podeis dar-me essa beleza
Que tantas vezes tive por querer,
Ao menos meu ser findo dividi –
Meu ser essencial se perca em si,
Só meu corpo sem mim fique alma e ser!

»Converta-me a minha última magia
Numa estátua de mim em corpo vivo!
Morra quem sou, mas quem me fiz e havia,
Anónima presença que se beija,
Carne do meu abstracto amor cativo,
Seja a morte de mim em que revivo;
E tal qual fui, não sendo nada, eu seja!«

1930

»Schon hör'n die infernalisch heiligen Mächte,
die, schlafend ohne Götter oder Schicksal,
der Wesenheit der Dinge gleichen, nicht
mehr meine Stimme oder ihre Namen,
und die Musik verstummt in meinem Hymnus.
Göttlich nicht länger meine Sternenraserei,
und mein gedachter Leib nicht mehr ein Gott.

»Die Götterwesen aus dem schwarzen Brunnen,
die ich, die blasse Frau, so oft beschworen,
rasend in Liebe und Begeisterung,
sie stehen heute vor mir unbeschworen.
Da ich sie aufrief, ohne sie zu lieben,
hab' ich sie – ohne Liebe – jetzt und weiß:
sie werden mein erkauftes Sein verzehren.

»Du aber, Sonne, meine goldene Beute,
du, Mond, des Silber ich verwandeln konnte,
wenn ihr mir Schönheit nicht mehr geben könnt,
die ich so oft verdankte meinem Wollen,
so teilt zumindest mein vergehend Wesen –
in sich verliere sich mein Wesentliches,
Seele und Sein sei ohne mich mein Leib!

»Und meine letzte Zaubertat verwandle
mich in das lebende Standbild meiner selbst!
Es sterbe, die ich bin, die ich mich schuf,
ein namenloses Wesen, das man küßt,
Fleisch der gefangenen, abstrakten Liebe,
sei nun mein Tod, in dem ich auferstehe;
wie ich gewesen, als ich nichts war, sei ich!«

A morte é a curva da estrada,
Morrer é só não ser visto.
Se escuto, eu te oiço a passada
Existir como eu existo.

A terra é feita de céu.
A mentira não tem ninho.
Nunca ninguém se perdeu.
Tudo á verdade e caminho.

23. 5. 1932

Oscila o incensório antigo
Em fendas e ouro ornamental.
Sem atenção absorto sigo
Os passos lentos do ritual

Mas são os braços invisíveis
E são os cantos que não são
E os incensórios de outros níveis
Que vê e ouve o coração.

Ah, sempre que o ritual acerta
Seus passos e seus ritmos bem,
O ritual que não há desperta
E a alma é o que é, não o que tem.

Oscila o incensório visto,
Ouvidos cantos 'stão no ar,
Mas o ritual a que eu assisto
É um ritual de relembrar.

No grande Templo antenatal,
Antes de vida e alma e Deus...
E o xadrez do chão ritual
É o que é hoje a terra e os céus...

22. 9. 1932

Der Tod ist die Kurve an einer Straße.
Das Sterben entrückt nur dem sehenden Sinn.
Lausch' ich, hör' ich deine Schritte
dasein wie ich selber bin.

Die Erde ist aus Himmel geschaffen.
Die Lüge hat kein Geheg'.
Niemand ging jemals verloren.
Alles ist Wahrheit und Weg.

Die goldgetriebenen Kessel schwanken,
aus ihnen quillt der Weihrauch auf,
und ich begleite in Gedanken
des trägen Rituals Verlauf,

und doch kein Blick den Arm gewahrt
und niemand die Gesänge hört
und jene Kessel andrer Art,
die mir mein Herz heraufbeschwört.

Doch immer wenn das Ritual
zu gleichem Gang und Rhythmus findet,
so wird die Seele auf einmal
die, die sie ist, ihr Haben schwindet.

Erblickter Kessel in der Schwebe,
gehörte Lieder in der Luft,
das Ritual, das ich erlebe,
aus der Erinn'rung zu mir ruft.

Im Tempel vor dem großen: Werde!,
vor Gott, der Seele, vor dem Leben . . .
sind heute Himmel uns und Erde
zum Schachspielritual gegeben.

Na sombra do Monte Abiegno
Repousei de meditar.
Vi no alto o alto Castelo
Onde sonhei de chegar.
Mas repousei de pensar
Na sombra do Monte Abiegno.

Quanto fora amor ou vida,
Atrás de mim o deixei,
Quanto fora desejá-los,
Porque esqueci não lembrei.
À sombra do Monte Abiegno
Repousei porque abdiquei.

Talvez um dia, mais forte
Da força ou da abdicação,
Tentarei o alto caminho
Por onde ao Castelo vão.
Na sombra do Monte Abiegno
Por ora repouso, e não.

Quem pode sentir descanso
Com o Castelo a chamar?
Está no alto, sem caminho
Senão o que há por achar.
Na sombra do Monte Abiegno
Meu sonho é de o encontrar.

Mas por ora estou dormindo,
Porque é sono o não saber.
Olho o Castelo de longe,
Mas não olho o meu querer.
Da sombra do Monte Abiegno
Quem me virá desprender?

3. 10. 1932

In des Mont' Abiegno Schatten[1]
ruhte ich, des Grübelns satt,
und erblickte das ersehnte
hohe Schloß auf hohem Grat.
Doch ich lag, vom Grübeln matt,
in des Mont' Abiegno Schatten.

Was je Liebe oder Leben,
das lag hinter mir, vernichtet,
ausgetilgt war in Vergessen,
was an Wünschen ich erdichtet.
In des Mont' Abiegno Schatten
ruht' ich, weil ich längst verzichtet.

Möglich, daß ich einst erstarkter,
sei's durch Kraft, sei's durch Verzicht,
doch den steilen Weg versuche,
der das Felsenschloß verspricht.
In des Mont' Abiegno Schatten
rast' ich jetzt, doch rast' ich nicht.

Muß nicht, wenn das Schloß uns ruft,
jede Rast und Ruhe schwinden?
Winkt's von unwegsamer Höhe,
bleibt der Weg doch zu ergründen.
In des Mont' Abiegno Schatten
träume ich, ihn aufzufinden.

Doch für heute schlaf' ich bloß,
denn ein Schlaf ist dies Nichtwissen,
schaue auf zum fernen Schloß,
schaue nicht auf mein Verlangen.
Ach, wer reißt mich endlich los
aus des Mont' Abiegno Schatten?

[1] »Die hohe Einweihung in den hohen Orden ist immer an einen Berg geknüpft, den von Heredom oder den von Abiegno« (F. P.). Für den Dichter ist die höchste Einweihung gleichbedeutend mit der Erschaffung des höchsten Kunstwerks (A. d. Ü.).

Do vale à montanha,
Da montanha ao monte,
Cavalo de sombra,
Cavaleiro monge,
Por casas, por prados,
Por quinta e por fonte,
Caminhais aliados.

Do vale à montanha,
Da montanha ao monte,
Cavalo de sombra,
Cavaleiro monge,
Por penhascos pretos,
Atrás e defronte,
Caminhais secretos.

Do vale à montanha,
Da montanha ao monte,
Cavalo de sombra,
Cavaleiro monge,
Por plainos desertos
Sem ter horizontes,
Caminhais libertos.

Do vale à montanha,
Da montanha ao monte,
Cavalo de sombra,
Cavaleiro monge,
Por ínvios caminhos,
Por rios sem ponte,
Caminhais sozinhos.

Do vale à montanha,
Da montanha ao monte,
Cavalo de sombra,
Cavaleiro monge,
Por quanto é sem fim,
Sem ninguém que o conte,
Caminhais em mim.

24. 10. 1932

Vom Tal zum Gebirge,
vom Gebirge zum Berg,
ein Rappe aus Schatten,
ein mönchischer Reiter,
durch Häuser und Wiesen,
Gehöfte und Quell,
vereint und schnell.

Vom Tal zum Gebirge,
vom Gebirge zum Berg,
ein Rappe aus Schatten,
ein mönchischer Reiter,
durch schwarze Felsen
hinten und vorn,
geheimnisverlor'n.

Vom Tal zum Gebirge,
vom Gebirge zum Berg,
ein Rappe aus Schatten,
ein mönchischer Reiter,
durch Eb'nen, verlassen,
horizontlos weit,
ihr reitet befreit.

Vom Tal zum Gebirge,
vom Gebirge zum Berg,
ein Rappe aus Schatten,
ein mönchischer Reiter,
durch Fluß ohne Brücke,
über Stock, über Stein,
ihr reitet allein.

Vom Tal zum Gebirge,
vom Gebirge zum Berg,
ein Rappe aus Schatten,
ein mönchischer Reiter,
durch Endlosigkeit,
kein Mensch weit und breit,
in mir reitet weiter.

Não meu, não meu é quanto escrevo.
A quem o devo?
De quem sou o arauto nado?
Por que, enganado,
Julguei ser meu o que era meu?
Que outro mo deu?
Mas, seja como for, se a sorte
For eu ser morte
De uma outra vida que em mim vive,
Eu, o que estive
Em ilusão toda esta vida
Aparecida,
Sou grato Ao que do pó que sou
Me levantou.
(E me fez nuvem um momento
De pensamento.)
(Ao de quem sou, erguido pó,
Símbolo só.)

9. 11. 1932

Nesta vida, em que sou meu sono,
Não sou meu dono,
Quem sou é quem me ignoro e vive
Através desta névoa que sou eu
Todas as vidas que eu outrora tive,
Numa só vida.
Mar sou; baixo marulho ao alto rujo,
Mas minha cor vem do meu alto céu,
E só me encontro quando de mim fujo.

Quem quando eu era infante me guiava
Senão a vera alma que em mim estava?
Atada pelos braços corporais,
Não podia ser mais.
Mas, certo, um gesto, olhar ou esquecimento
Também, aos olhos de quem bem olhasse
A Presença Real sob o disfarce
Da minha alma presente sem intento.

11. 12. 1932

Nicht mein, nicht mein ist, was ich schreibe.
Wem ich es schuldig bleibe?
Wer hat zum Boten mich erkoren?
Weshalb, in Illusion verloren,
glaubt' ich, mein sei, was auch mein war?
Welch andrer bot mir's dar?
Doch, wie auch immer, wenn das Los
mir zubestimmt, daß ich ein Sterben bloß
für etwas Neues, das sich in mir hebt,
bin ich, der in der Illusion gelebt
dies ganze mir erschienene Leben,
dem Selbstbetrug ergeben,
Dem dankbar, der nach oben
mich aus dem Staube, der ich bin, erhoben.
(Ihm muß ich danken
die kurze Wolke der Gedanken.)
(Ich, aufgereckter Staub, verbleibe wohl
nur sein Symbol.)

Ich bin mein eigner Schlaf in diesem Leben,
mein Herr zu sein, das ward mir nicht vergönnt,
und wer ich wirklich bin, kann ich nicht wissen.
Ich leb' im Nebel, der ich selber bin,
all meine Leben aus, die längst dahin,
in einem Leben.
Ich bin ein Meer und wenn ich brandend sprühe,
nehm' ich die Farbe an vom Firmament,
und finde mich nur, wenn ich vor mir fliehe.

Wer hat mich, als ich Kind war, angeleitet?
Die wahre Seele, die stets mit mir schreitet?
Gebunden an mein Fleisch und Bein,
konnte sie mehr nicht sein.
Doch eine Geste aus Vergeßlichkeit
den Augen dessen, der zu schau'n versteht,
unter der gegenwärtigen Seele Kleid
die königliche Gegenwart verrät.

Eros e Psique

... E assim vedes, meu Irmão, que as verdades que vos foram dadas no Grau de Neófito, e aquelas que vos foram dadas no Grau de Adepto Menor, são, ainda que opostas, a mesma verdade.
(Do Ritual do Grau de Mestre do Átrio na Ordem Templária de Portugal)

Conta a lenda que dormia
Uma Princesa encantada
A quem só despertaria
Um Infante, que viria
De além do muro da estrada.

Ele tinha que, tentado,
Vencer o mal e o bem,
Antes que, já libertado,
Deixasse o caminho errado
Por o que à Princesa vem.

A Princesa Adormecida,
Se espera, dormindo espera.
Sonha em morte a sua vida,
E orna-lhe a fronte esquecida,
Verde, uma grinalda de hera.

Longe o Infante, esforçado,
Sem saber que intuito tem,
Rompe o caminho fadado.
Ele dela é ignorado.
Ela para ele é ninguém.

Mas cada um cumpre o Destino –
Ela dormindo encantada,
Ele buscando-a sem tino
Pelo processo divino
Que faz existir a estrada.

Eros und Psyche

... Und so seht Ihr, mein Bruder, daß die Wahrheiten, die Euch als Lehrling, und jene, die Euch als Geselle zuteil wurden, obwohl entgegengesetzt, dieselbe Wahrheit sind.
(Aus dem Ritual des Meisters der Vorhalle im Templerorden Portugals)

Verzaubert schlafe hinter Hecken
und Mauern – sagt uns die Legende –
eine Prinzessin, nur zu wecken,
wenn je ein Prinz die Straße fände,
Mauern und Hecken überwände.

Ihm ward als Probe aufgetragen:
Böses und Gutes niederringen,
dann darf er, frei von allen Dingen,
endlich dem falschen Weg entsagen,
auf rechtem zur Prinzessin dringen.

Und die Prinzessin, traumentrückt,
harrt, wenn sie harrt, im Schlaf auf ihn,
im Tod ihr Leben sie erblickt,
und die vergeß'ne Stirne schmückt
die Efeuranke, immergrün.

Unkundig seines Ziels, zerbricht
der ferne Prinz mit starker Hand
des rechten Weges Zauberband.
Sie kennt des Prinzen Namen nicht.
Und ihm ist sie ganz unbekannt.

Jeder erfüllt nur sein Geschick:
sie schlafend unter Zauberbann
und er sie suchend auf gut Glück –
und so gedeiht, was Gott ersann:
der Weg entsteht, der Prinz langt an.

E, se bem que seja obscuro
Tudo pela estrada fora,
E falso, ele vem seguro,
E, vencendo estrada e muro,
Chega onde em sono ela mora.

E, inda tonto do que houvera,
À cabeça, em maresia,
Ergue a mão, e encontra hera,
E vê que ele mesmo era
A Princesa que dormia.

8. 7. 1933

Ob auch Gefahren ihn umlauern,
der ganze Weg in Dunkelheit,
er geht ihn doch in Sicherheit,
dringt über Weg und über Mauern
in ihres Schlafes Einsamkeit.

Und noch im Taumel der Gedanken
hebt er, weil ihm die Sinne schwanken,
die Hand zur Stirn, spürt Efeuranken
und sieht: er selber – wunderbar! –
die schlafende Prinzessin war.

Omnia fui, nihil valuit.
Kaiser Septimius Severus

(Ritual M. G.)

... yet from those flames
No lights but rather darkness visible ...
Serv'd only to discover sights of woe ...
Milton, Paradise lost I, 62–64

Depus, cheio de sombra e cansaço,
As armas da magia entre onde estão
Os livros sacros, com quem tenho o laço
Que dá à alma a Força e a Visão.
Ai, não pude depor meu coração!

Quão alto fui para o que todos são!
Quão baixo para quanto quis em mim!
Vi e toquei o que a outros é visão
Em sombras ou desejos, vaga e escura,
Sou hoje minha própria sepultura.
Tenho deserto e alheio o coração.

Quantos, com longo estudo e fiel vontade,
Tentam pisar as sendas do Poder,
Sem que sintam uma única verdade,
Sem que o invocado espírito apareça,
Sem que o dominem, se é aparecido,
Sem que sintam, como eu, sobre a cabeça,
A coroa dos magos – ah, mas essa,
Se é de glória no nítido esplender,
É de espinhos no íntimo sentido.

Por mais alto que o Mago suba e atinja
O comércio dos Anjos que há no Além,
E da cor lívida do Além se tinja,
Que mais que os outros, que aqui dormem, tem?
Se a ilusão, o símbolo e a sombra
São o que rege tudo, regerão
O mesmo Além que o nosso esforço empana

Omnia fui, nihil valuit.
Kaiser Septimius Severus

(Ritual M. G.)

... yet from those flames
No lights but ratter darkness visible ...
Serv'd only to discover sights of woe ...
Milton, Paradise lost I, 62–64

Umschattet mußte ich und voller Müdigkeit
die Waffen der Magie dort niederlegen,
wo meine heiligen Bücher griffbereit
in meiner Seele Kraft und Bild erregen.
Mein Herz vermocht' ich, ach, nicht abzulegen.

Wie weit hob ich mich von den andern ab!
Und blieb in meinem Wollen so gehemmt!
Ich habe angerührt, was eingedämmt
den andern nur getrübte Bilder gab.
Heut' bin ich nur mein eigenes Grab.
Verlassen ist mein Herz und fremd.

Wie viele möchten mit gespanntem Willen
und hoher Kunst den Pfad der Macht begehen
und können keine einzige Wahrheit fühlen,
den Geist nicht, den sie zu beschwör'n geglaubt,
beherrschen, falls er überhaupt erscheint,
sie fühlen nicht wie ich auf ihrem Haupt
die Magierkrone – aber, ach, auch sie,
die man mit Glanz und Ruhm bedeckt gemeint,
ist eine Dornenkrone, recht besehen.

Mag auch der Magier steigen und erreichen
Umgang mit Engeln, wie's im Jenseits Brauch,
des Jenseits fahle Farbe sich erschleichen,
hat er mehr als die Schläfer hier dann auch?
Wenn Illusion und Schatten und Symbol
alles regieren, so regier'n sie wohl
das Jenseits auch, verdunkelt von den Lügen,

Com o que de ilusão a si se ensombra.
Se tudo que nos fala nos engana,
Porque é que os Anjos não enganarão?

Vi Anjos, toquei Anjos, mas não sei
Se Anjos existem. Tal me achei ao fim
Desse caminho de que regressei
E vi que nunca sairei de mim.

Vã ciência, inda que aqui, no rito certo,
Os Anjos certos viessem à chamada,
Servos da invocação que os trouxe perto,
Mestres do templo que lhes foi a estrada.
Arte vã, porque tudo, inda que obtido,
Deixa as névoas que somos tais quais são,
Sem mais que uma presença sem sentido,
Passando, como um cheiro ou um ruido,
Nas câmaras rituais da ilusão.

Anos e anos de confusa ciência,
Lida e relida até me ser meu ser,
Me ergueram a submersa consciência
À superfície clara do querer.
Tracei os sinais certos, invoquei.

Com o escopro e o malhete do alcançar
Quebrei a Pedra Cúbica do Altar
E a Pedra Cúbica se abriu em Cruz.
Quebrara o altar, então a mim quebrei.
. . . então em sangue
Sobre o centro da Cruz me derramei.
. . . .
Consegui. Paz profunda, meus Irmãos!

24. 8. 1933

womit die Illusion sich selbst genügt.
Wenn alles, was hier zu uns spricht, betrügt,
warum soll'n nur die Engel nicht betrügen?

Engel hab' ich gesehn, berührt. Und fand
doch nicht heraus, ob Engel wirklich sind.
Als ich am Ende meines Rückwegs stand,
sah ich: sich selber keiner je entrinnt.

Selbst wenn allhier im rechten Ritual
die rechten Engel meinen Anruf hörten,
Sklaven des Rufes ohne eigne Wahl,
Meister des Tempels, der gezeigt die Fährten,
die Kunst bleibt nichtig, was wir auch erreichten,
beläßt die Schleier über unserm Wesen,
und nur ein Etwas ohne Sinn zieht frei,
als wär's ein Duft und ein Geräusch gewesen,
an unsrer Täuschung Kamera vorbei.

Jahre um Jahre wirrer Wissenschaft,
die stetes Lesen mir in Fleisch und Blut
verwandelt, gaben dem Bewußtsein Mut
und weckten die versunkene Willenskraft.
Die Zeichen zog ich und sprach die Beschwörung.

Mit Hammer und mit Meißel drang ich ein
zerschmetternd in des Altars Würfelstein.
Der Würfelstein eröffnet' sich zum Kreuz.
Ich hab' den Altar erst, dann mich zerbrochen.
Über die Kreuzesmitte ist mein Blut verströmt.
....
Ich hab's vermocht. Friede sei mit euch, Brüder!

Grandes mistérios habitam
O limiar do meu ser,
O limiar onde hesitam
Grandes pássaros que fitam
Meu transpor tardo de os ver.

São aves cheias de abismo,
Como nos sonhos as há.
Hesito se sondo e cismo,
E à minha alma é cataclismo
O limiar onde está.

Então desperto do sonho
E sou alegre da luz,
Inda que em dia tristonho;
Porque o limiar é medonho
E todo passo é uma cruz.

2. 10. 1933

Nesta grande oscilação
Entre crer e mal descrer
Transtorna-se o coração
Cheio de nada saber;

E, alheado do que sabe
Por não saber o que é,
Só um instante lhe cabe,
Que é o conhecer a fé –

A fé, que os astros conhecem
Porque é a aranha que está
Na teia, que todos tecem,
E é a vida que antes há.

5. 3. 1934

Große Rätsel halten sich
auf an meines Daseins Schwelle,
dort wo große Vögel mich
mustern, während ich
späte Blicke auf sie schnelle.

Vögel sind's aus tiefer Höhle,
wie man sie im Traum gewahrt;
ob ich mich auch grübelnd quäle,
ein Verhängnis für die Seele
ist die Schwelle, wo sie harrt.

Aus dem Traum erwache ich
heiter in des Lichtes Schein,
ob der Tag gleich trüb verblich;
Schwellenängste fürchterlich
machen jeden Schritt zur Pein.

Bei diesem großen Schwanken
zwischen Glauben und Ungläubigkeit,
will mein Herz wanken,
voll Unwissenheit;

Von dem, was es weiß, getrennt,
weil es nicht weiß, was das ist,
bleibt ihm nur kurze Frist,
wo es den Glauben kennt –

den ihm Gestirne geben,
weil er die Spinne im Netz,
dem Netz, an dem alle weben,
und Leben heißt sein Gesetz.

O que é vida e o que é morte
Ninguém sabe ou saberá
Aqui onde a vida e a sorte
Movem as cousas que há.

Mas, seja o que for o enigma
De haver qualquer cousa aqui,
Terá de mim próprio o estigma
Da sombra em que eu o vivi.

10. 4. 1934

Was Leben ist und was der Tod,
weiß niemand hier, kann niemand wissen,
wo Leben und Schicksalsnot
die Dinge bewegen müssen.

Doch welches immer das Rätsel sei,
daß etwas hier existiert,
stets bleibt das Stigma dabei:
ich hab' es als Schatten gespürt.

Neste mundo em que esquecemos
Somos sombras de quem somos,
E os gestos reais que temos
No outro em que, almas, vivemos,
São aqui esgares e assomos.

Tudo é nocturno e confuso
No que entre nós aqui há.
Projecções, fumo difuso
Do lume que brilha ocluso
Ao olhar que a vida dá.

Mas um ou outro, um momento,
Olhando bem, pode ver
Na sombra e seu movimento
Qual no outro mundo é o intento
Do gesto que o faz viver.

E então encontra o sentido
Do que aqui está a esgarar,
E volve ao seu corpo ido,
Imaginado e entendido,
A intuição de um olhar.

Sombra do corpo saudosa,
Mentira que sente o laço
Que a liga à maravilhosa
Verdade que a lança, ansiosa,
No chão do tempo e do espaço.

9. 5. 1934

In dieser Welt, in der wir uns vergessen,
sind wir nur Schattenbilder. Die Gebärden,
die wir in jener anderen besessen,
wo uns're Seelen wahrhaft leben, werden
zu zerrbildhaften Zeichen hier auf Erden.

Und was auch über unsre Erde zieht,
es kann nur nächtlich und verworren sein,
ein undurchsichtiger Rauch und Widerschein
des Feuers, das nur im Verborgnen glüht,
das keines Ungeweihten Auge sieht.

Doch die Beruf'nen haben in Sekunden
der Einsicht, wenn sie, unser Schattenspiel
genau betrachtend, seinen Sinn erkunden,
das in der andren Welt versteckte Ziel
unserer Scheingebärden aufgefunden.

Und wenn gefallen sind die letzten Binden,
so dürfen sie der Zeichen Sinn ergründen –
sie sehen uns're Erdenleiber schwinden:
ihr Blick bleibt, mit geläutertem Verstand,
ahnend dem wahren Leibe zugewandt.

Der Schatten strebt zum Leibe, liebentbrannt,
wie eine Lüge mit geheimem Band
gebunden an die wunderbare Wahrheit,
die ihn, mit unstillbarem Drang zur Klarheit,
in den Bereich von Raum und Zeit entsandt.

Já me não pesa tanto o vir da morte.
Sei já que é nada, que é ficção e sonho,
E que, na roda universal da Sorte,
Não sou aquilo que me aqui suponho.

Sei que há mais mundos que este pouco mundo
Onde parece a nós haver morrer –
Dura terra e fragosa, que há no fundo
Do oceano imenso de viver.

Sei que a morte, que é tudo, não é nada,
E que, de morte em morte, a alma que há
Não cai num poço: vai por uma estrada.
Em Sua hora e a nossa, Deus dirá.

6. 7. 1934

As coisas que errei na vida
São as que acharei na morte,
Porque a vida é dividida
Entre quem sou e a sorte.

As coisas que a Sorte deu
Levou-as ela consigo,
Mas as coisas que sou eu
Guardei-as todas comigo.

E por isso os erros meus,
Sendo a má sorte que tive,
Terei que os buscar nos céus
Quando a morte tire os véus
À inconsciência em que estive.

21. 8. 1934

Mich drückt der Tod nicht mehr so schwer. Denn schon
weiß ich: er ist nur Traum, er ist Fiktion,
und wenn ich mich im Rad des Schicksals drehe,
bin ich nicht das, als was ich mich hier sehe.

Mehr Welten gibt's als dieses kleine Rund,
wo es uns scheint, daß uns der Tod besiegt –
felsiges hartes Land, das auf dem Grund
des unermessnen Lebensmeeres liegt.

Der Tod, der alles ist, ist nichts, ich weiß.
Die Seele fällt von einem Tod zum andern
nicht in den Brunnen, sie muß Wege wandern.[1]
Zu unsrer Stunde. Und auf Sein Geheiß.

Was ich im Leben verfehlte,
im Tode find' ich den Sinn,
geteilt ist das Lebenbeseelte
in das Schicksal und den, der ich bin.

Was mir das Schicksal gegeben,
nahm es auch mit sich fort,
nur was ich selbst war im Leben,
behielt ich am eigenen Ort.

Und wenn ich irrte wie einer,
dem das Geschick nicht gewogen,
im Himmel find' ich den Grund,
wenn Tod den Schleier von meiner
Unbewußtheit gezogen.

[1] Unter dem Brunnen ist hier die Hölle zu verstehen (A. d. Ü.)

Ah, verdadeiramente a deusa! –
A que ninguém viu sem amar
E que já o coração endeusa
Só com somente a adivinhar.

Por fim magnânima aparece
Naquela perfeição que é
Uma estátua que a vida aquece
E faz da mesma vida fé.

Ah, verdadeiramente aquela
Com que no túmulo do mundo
O morte sonha, como a estrela
Que há-de surgir no céu profundo.

3. 9. 1934

A montanha por achar
Há-de ter, quando a encontrar,
Um templo aberto na pedra
Da encosta onde nada medra.

O santuário que tiver,
Quando o encontrar, há-de ser
Na montanha procurada
E na gruta ali achada.

A verdade, se ela existe,
Ver-se-á que só consiste
Na procura da verdade,
Porque a vida é só metade.

21. 9. 1934

Schau hin, die große Göttin lebt!
Die niemand ohne Liebe sah,
die göttlich unser Herz erhebt,
nur weil sie seiner Ahnung nah.

Großmütig naht sie, zauberhaft,
und zeigt sich in vollkommener Pracht,
ein Standbild, dessen Lebenskraft
das Leben selber glaubhaft macht.

Sie ist die Göttin, hoch und fern,
von der im Grabe dieser Welt
der Tote träumt wie von dem Stern,
der aufgeh'n wird am Himmelszelt.

Es wird der Berg, den wir erkunden,
wenn wir ihn endlich aufgefunden,
ein Tempel mitten im Gestein
auf unbewachs'nem Steilhang sein.

Das Heiligtum auf seiner Höhe
werd' ich, wenn ich es vor mir sehe,
dort oben zu erspähen wissen
und in der Grotte finden müssen.

Die Wahrheit, haben wir gespürt,
ist, falls sie wirklich existiert,
uns nur zu suchen aufgegeben,
denn halb nur zeigt sie uns das Leben.

Porque choras de que existe
A terra e o que a terra tem?
Tudo nosso – mal ou bem –
É fictício e só persiste
Porque a alma aqui é ninguém.

Não chores! Tudo é o nada
Onde os astros luzes são.
Tudo é lei e confusão.
Toma este mundo por strada
E vai como os santos vão.

Levantado de onde lavra
O inferno, em que somos réus
Sob o silêncio dos céus,
Encontrarás a Palavra,
O nome interno de Deus.

E, além da dupla unidade
Do que em dois sexos mistura
A ventura e a desventura,
O sonho e a realidade,
Serás quem já não procura;

Porque, limpo de Universo,
Em Cristo nosso Senhor,
Por sua verdade e amor,
Reunirás o disperso
E a Cruz mostrará a Flor.

6. 2. 1935

Warum willst du in Tränen gehen,
weil es die Welt und das Irdische gibt?
Ob man das Gute, das Böse liebt,
es bleibt Fiktion, kann nur bestehen,
weil hier die Seele zu niemand zerstiebt.

Weine nicht! Alles ein Nichts sein kann,
wo die Gestirne wie Lichter steh'n.
Alles Gesetz ist und wirres Gescheh'n.
Sieh diese Welt als Straße an
und geh, wie die Heiligen geh'n.

Aufgehoben aus Höllenschlünden,
wo jedermann sich schuldig bekennt
unter dem schweigenden Firmament,
wirst du das ewige Wort auffinden,
wie man im Innersten Gott benennt.

Jenseits der einigen Doppelheit
dessen, was in den zwei Geschlechtern
Unglück vermischt mit Glückseligkeit,
den Traum mit der Wirklichkeit,
wirst du der nicht mehr Suchende sein;

denn, vom Universum rein
in Christus, unserem Herrn,
in seiner Wahrheit liebendem Glühn
bringst du alles Verstreute ein,
siehst du das Kreuz erblühn.

No túmulo de Christian Rosencreutz

Não tínhamos ainda visto o cadáver de nosso Pai prudente e sábio. Por isso afastamos para um lado o altar. Então pudemos levantar uma chapa forte de metal amarelo, e ali estava um belo corpo célebre, inteiro e incorrupto . . ., e tinha na mão um pequeno livro em pergaminho, escrito a oiro, intitulado T., que é, depois da Bíblia, o nosso mais alto tesouro nem deve ser facilmente submetido à censura do mundo.

(Fama Fraternitatis Roseae Crucis)

I

Quando, despertos deste sono, a vida,
Soubermos o que somos, e o que foi
Essa queda até Corpo, essa descida
Até à Noite que nos a Alma obstrui,

Conheceremos pois toda a escondida
Verdade do que é tudo que há ou flui?
Não: nem na Alma livre é conhecida . . .
Nem Deus, que nos criou, em Si a inclui.

Deus é o Homem de outro Deus maior:
Adam Supremo, também teve Queda;
Também, como foi nosso Criador,

Foi criado, e a Verdade lhe morreu . . .
De além o Abismo, Sprito Seu, Lha veda;
Aquém não a há no Mundo, Corpo Seu.

Auf das Grab von Christian Rosenkreutz

Wir hatten noch nicht den Leichnam unseres klugen und weisen Vaters gesehen. Deshalb rückten wir den Altar auf die Seite. Dann konnten wir eine starke Platte aus gelbem Metall aufheben, und dort lag ein schöner, berühmter Leib, unversehrt und unverwest ... und hielt einen kleinen, in goldenen Lettern geschriebenen Pergamentband in der Hand, T. betitelt, nächst der Bibel unser höchster Schatz, der nicht leichtfertig dem Urteil der Welt überantwortet werden darf.
(Fama Fraternitatis Roseae Crucis)

I

Wenn wir, erwacht aus diesem Schlaf, dem Leben,
einst wissen, was wir sind und was dies hieß:
Der Sturz zum Leib hin, dieses Abwärtsschweben
in Nacht, die uns're Seele finster ließ,

werden wir dann den Wahrheitsschleier heben
von allem, was da ist und fließt? Nein, dies
ist auch der freien Seele nicht gegeben.
Selbst Gott nicht, der uns in die Welt entließ.

Mensch eines größ'ren Gottes und nicht mehr,
ist Gott, der höchste Adam, selbst gefallen;
so wie er unser Schöpfer war, ward er

erschaffen, Wahrheit ist für ihn verfallen.
Was ihm der Abgrund drüben vorenthält,
unfindbar bleibt's in seinem Leib, der Welt.

II

Mas antes era o Verbo, aqui perdido
Quando a Infinita Luz, já apagada,
Do Caos, chão do Ser, foi levantada
Em Sombra, e o Verbo ausente escurecido.

Mas se a Alma sente a sua forma errada,
Em si, que é Sombra, vê enfim luzido
O Verbo deste Mundo, humano e ungido,
Rosa Perfeita, em Deus crucificada.

Então, senhores do limiar dos Céus,
Podemos ir buscar além de Deus
O Segredo do Mestre e o Bem profundo;

Não só de aqui, mas já de nós, despertos,
No sangue actual de Cristo enfim libertos
Do a Deus que morre a geração do Mundo.

III

Ah, mas aqui, onde irreais erramos,
Dormimos o que somos, e a verdade,
Inda que enfim em sonhos a vejamos,
Vemo-la, porque em sonho, em falsidade.

Sombras buscando corpos, se os achamos
Como sentir a sua realidade?
Com mãos de sombra, Sombras, que tocamos?
Nosso toque é ausência e vacuidade.

Quem desta Alma fechada nos liberta?
Sem ver, ouvimos para além da sala
De ser: mas como, aqui, a parta aberta?
. . . .
Calmo na falsa morte a nós exposto,
O Livro ocluso contra o peito posto,
Nosso Pai Roseacruz conhece e cala.

Sem data, 1935?

II

Im Anfang war das Wort uns zugesellt;
als ausgelöscht das Licht, das grenzenlose,
zum Schatten aufstieg aus des Chaos Schoße,
ward uns das Wort von Dunkelheit verstellt.

Grollt auch die Seele ihrem Erdenlose,
sieht sie in sich, dem Schatten, doch erhellt,
das menschliche, gesalbte Wort der Welt:
in Gott gekreuzigt, die vollkommene Rose.

Nun können wir, der Himmelsschwelle Erben,
jenseits von Gott dem tiefen Gut nachspüren
und ans Geheimnis unseres Meisters rühren,

nicht von der Erde, auch von uns erwacht,
hat Christi tätiges Blut uns freigemacht
vom Hin-zu-Gott, das Erdenkinder sterben.

III

Hier irren wir im Trugbereich umher.
Wir schlafen, was wir sind, und sehn vom Wahren,
selbst wenn wir endlich träumend es gewahren,
weil träumend, nur den falschen Schein, nicht mehr.

Nach Körpern fahndet unser Schattenheer –
wie können sie uns Wahrheit offenbaren?
Was könnten Schattenhände je erfahren?
Unser Berühren bleibt doch fern und leer.

Wer führt uns aus der Seele engem Haus?
Wir lauschen aus dem Seinsgemach hinaus.
Doch wie wird hier die Pforte aufgerissen?
. . . .
Im falschen Tod still vor uns aufgebahrt,
geschloßnes Buch an seiner Brust verwahrt,
verschweigt uns Vater Rosenkreuz sein Wissen.

Iniciação

Não dormes sob os ciprestes,
Pois não há sono no mundo.
. . . .
O corpo é a sombra das vestes
Que encobrem teu ser profundo.

Vem a noite, que é a morte,
E a sombra acabou sem ser.
Vais na noite só recorte.
Igual a ti sem querer.

Mas na Estalagem do Assombro
Tiram-te os Anjos a capa:
Segues sem capa no ombro,
Com o pouco que te tapa.

Então Arcanjos de Estrada
Despem-te e deixam-te nu.
Não tens vestes, não tens nada:
Tens só teu corpo, que és tu.

Por fim, na funda Caverna
Os Deuses despem-te mais.
Teu corpo cessa, alma externa,
Mas vês que são teus iguais.
. . . .
A sombra das tuas vestes
Ficou entre nós na Sorte.
Não 'stás morto, entre ciprestes.
. . . .
Neófito, não há morte.

1935

Einweihung

Du schläfst nicht unter den Zypressen,
Schlaf gibt es nicht auf dieser Welt.
. . . .
Dein Leib ward dir als Schatten zugemessen
des Kleides, das dein Sein verborgen hält.

Es kommt die Nacht, das ist der Tod,
der Schattenleib verliert das Sein.
Als bloßer Umriß folgst du dem Gebot:
dir gleichend, gehst du in die Nacht hinein.

Es nehmen dir im Rasthaus »Zum Entsetzen«
die Engel deinen Mantel ab:
Nur fort im Schutz der letzten Fetzen,
ergreife neu den Wanderstab!

Die Erzengel der Straße und des Lichts
ziehen dich aus, entblößen dich im Nu.
Hast keine Kleider mehr, hast nichts.
Nur deinen Körper, der bist du.

Und endlich in der tiefen Höhle
trittst du noch nackter in der Götter Reich.
Dein Leib entschwindet, äuß're Seele,
doch du gewahrst: sie sind dir gleich.
. . . .
Der Schatten deiner Kleider blieb vergessen
hier unter uns in Zufallslanden.
Du liegst nicht tot unter Zypressen.
. . . .
Neuling, der Tod ist nicht vorhanden.

Mensagem

(1934)

Benedictus Dominus Deus noster qui dedit nobis signum.

Botschaft

Dieses Buch ist von Fernando Pessoa in der alten, vor 1911 gültigen Orthographie publiziert worden.

Primeira parte · Brasão

Bellum sine bello

I Os Campos

PRIMEIRO · O DOS CASTELLOS

A Europa jaz, posta nos cotovellos:
De Oriente a Occidente jaz, fitando,
E toldam-lhe romanticos cabellos
Olhos gregos, lembrando.

O cotovello esquerdo é recuado;
O direito é em angulo disposto.
Aquelle diz Italia onde é pousado;
Este diz Inglaterra onde, afastado,
A mão sustenta, em que se appoia o rosto.

Fita, com olhar sphyngico e fatal,
O Occidente, futuro do passado.

O rosto com que fita é Portugal. 8. 12. 1928

SEGUNDO · O DAS QUINAS

Os deuses vendem quando dão,
Compra-se a glória com desgraça.
Ai dos felizes, porque são
Só o que passa!

Baste a quem baste o que lhe basta
O bastante de lhe bastar!
A vida é breve, a alma é vasta:
Ter é tardar.

Foi com desgraça e com vileza
Que Deus ao Christo definiu:
Assim o oppoz à Natureza
E Filho o ungiu. 8. 12. 1928

Erster Teil · Wappen

Bellum sine bello

I Die Felder

ERSTES FELD · DIE BURGEN

Europa liegt auf ihren Ellenbogen
und schaut vom Orient zum Okzident.
Ihr Antlitz von romantischem Haar umflogen –
Erinnerung in Griechenaugen brennt.

Ihr linker Arm sich rücklings biegt,
ihr rechter ist im Winkel angelegt;
Italien heißt das Land, auf dem er liegt,
England das zweite Land, das breit
die Hand stützt, die ihr Antlitz trägt.

Gen Westen schaut sie, Sphinx der Schicksalsqual,
auf das Zukünftige der Vergangenheit.

Europas Antlitz – das ist Portugal.

ZWEITES FELD · DIE SCHILDE

Die Götter schenken keine Gaben.
Mit Ruhm geht Unglück Hand in Hand.
Wehe den Glücklichen! Sie haben
    keinen Bestand.

Flöße gleich die Genügsamkeit
dem Genügsamen ihr Genügen ein:
Das Leben ist kurz und die Seele weit:
    Haben heißt säumig sein.

Gott prägte seines Sohnes Spur
mit Elend und Erbärmlichkeit.
Als Gegenbild der Allnatur
    ward er zum Sohn geweiht.

II Os Castellos

PRIMEIRO · ULYSSES

O mytho é o nada que é tudo.
O mesmo sol que abre os céus
É um mytho brilhante e mudo –
O corpo morto de Deus,
Vivo e desnudo.

Este, que aqui aportou,
Foi por não ser existindo,
Sem existir nos bastou.
Por não ter vindo foi vindo
E nos creou.

Assim a lenda se escorre
A entrar na realidade,
E a fecundal-a decorre.
Em baixo, a vida, metade
De nada, morre.

SEGUNDO · VIRIATO

Se a alma que sente e faz conhece
Só porque lembra o que esqueceu,
Vivemos, raça, porque houvesse
Memoria em nós do instincto teu.

Nação porque reincarnaste,
Povo porque resuscitou
Ou tu, ou o de que eras a haste –
Assim se Portugal formou.

Teu ser é como aquella fria
Luz que precede a madrugada,
E é já o ir a haver o dia
Na antemanhã, confuso nada.

22. I. 1934

II Die Burgen

DIE ERSTE · ODYSSEUS[1]

Der Mythos ist das nichts, das alles ist.
Die Sonne selbst, die uns den Himmel aufschließt,
ein glänzender und stummer Mythos –
und Gottes toter Leib,
nackt und lebendig.

Der hier an Land gegangen ist,
der ging, weil er nie existiert hat.
Niemals vorhanden und uns doch genug.
Weil er nicht kam, ist er gekommen
und erschuf uns.

Und so versiegt die Sage
beim Eintritt in die Wirklichkeit,
befruchtet sie und stirbt selbst ab.
Unten vergeht das Leben,
dies halbe Nichts.

DIE ZWEITE · VIRIATUS[2]

Wenn die Seele den eigenen Auftrag erkennt,
nur weil sie erinnert, was längst zerronnen,
ist uns als Volk zu leben vergönnt,
weil wir uns deines Wollens entsonnen.

Nation, weil du kamst ein weiteres Mal,
Volk, weil für uns du wiedererstanden,
du und dein Freiheitsideal –
nur so ist Portugal entstanden.

Du bist der auserwählte Mann
des kühlen morgendlichen Lichts,
und zeigst doch schon den Tag uns an
in früh'ster Stunde wirrem Nichts.

TERCEIRO · O CONDE D. HENRIQUE

Todo começo é involuntario,
Deus é o agente.
O heroe a si assiste, vario
E inconsciente.

À espada em tuas mãos achada
Teu olhar desce.
»Que farei eu com esta espada?«

Ergueste-a, e fez-se.

QUARTO · D. TAREJA

As nações todas são mysterios.
Cada uma é todo o mundo a sós.
Ó mãe de reis e avó de imperios,
Vella por nós!

Teu seio augusto amamentou
Com bruta e natural certeza
O que, imprevisto, Deus fadou.
Por elle resa!

Dê tua prece outro destino
A quem fadou o instincto teu!
O homem que foi o teu menino
Envelheceu.

Mas todo vivo é eterno infante
Onde estás e não ha o dia.
No antigo seio, vigilante,
De novo o cria!

24. 9. 1928

DIE DRITTE · GRAF HEINRICH[3]

Unfreiwillig ist jeder Beginn.
Gott ist der Treibende.
Der Held das unbewußt in
sich Verbleibende.

Auf das Schwert in deiner Hand
dein Auge sah.
»Wozu ward mir dies Schwert gesandt?«

Du schwangst es, die Tat geschah.

DIE VIERTE · DONA TAREJA[4]

Geheimnisvoll sind die Nationen.
Jede ist eine Welt für sich.
Mutter von Reichen und Königsthronen,
o laß uns nicht im Stich!

Du hast an der erhab'nen Brust
genährt mit sicherem Gespür,
was schicksalhaft nur Gott bewußt –
so bete nun dafür!

Schenk du ihm betend neues Wesen
mit des Instinktes Allgewalt!
Der Mann, der einst dein Kind gewesen,
er ward schon alt.

Doch ewig Kind bleibt das Lebendige,
wo du dich aufhältst, zeitenlos.
An deiner Brust, Wachsam-Beständige,
zieh ihn von neuem groß!

QUINTO · D. AFFONSO HENRIQUES

Pae, foste cavalleiro.
Hoje a vigilia é nossa.
Dá-nos o exemplo inteiro
E a tua inteira força!

Dá, contra a hora em que, errada,
Novos infieis vençam,
A benção como espada,
A espada como benção!

SEXTO · D. DINIZ

Na noite escreve um seu Cantar de Amigo
O plantador de naus a haver,
E ouve um silencio murmuro comsigo:
É o rumor dos pinhaes que, como um trigo
De Imperio, ondulam sem se poder ver.

Arroio, esse cantar, jovem e puro,
Busca o oceano por achar;
E a falla dos pinhaes, marulho obscuro,
É o som presente d'esse mar futuro,
É a voz da terra anciando pelo mar.

9. 2. 1934

DIE FÜNFTE · DOM AFONSO HENRIQUES[5]

Du warst ein Ritter, Vater.
Wir halten heute Wacht.
Sei Vorbild und Berater
mit deiner vollen Macht.

Den neuen Heiden sei's verwehrt,
Hoffnung auf Sieg zu hegen!
Gib uns den Segen als Schwert,
das Schwert als Segen!

DIE SECHSTE · KÖNIG DINIS[6]

Nachts schreibt er eines seiner »Freundeslieder«,
der Pflanzherr künftiger Karavellen,
er hört der Stille Murmeln wieder:
denn Pinienwälder rauschen auf und nieder,
unsichtbar wie des künftigen Reiches Weizenwellen.

Ein Bach ist dieses Lied, tönt jung und rein
und bahnt sich einen Weg zum Ozean.
Und in den rauschenden Pinienhain
mischt sich des Meeres Vorklang ein;
der Erde Stimme bricht zum Meer sich Bahn.

SÉPTIMO (I) · D. JOÃO O PRIMEIRO

O homem e a hora são um só
Quando Deus faz e a história é feita.
O mais é carne, cujo pó
A terra espreita.

Mestre, sem o saber, do Templo
Que Portugal foi feito ser,
Que houveste a gloria e deste o exemplo
De o defender.

Teu nome, eleito em sua fama,
É, na ara da nossa alma interna,
A que repelle, eterna chamma,
A sombra eterna.

12. 2. 1934

SÉPTIMO (II) · D. PHILIPPA DE LENCASTRE

Que enigma havia em teu seio
Que só genios concebia?
Que archanjo teus sonhos veio
Vellar, maternos, um dia?

Volve a nós teu rosto serio,
Princeza do Santo Gral,
Humano ventre do Imperio,
Madrinha de Portugal!

26. 9. 1928

DIE SIEBTE (I) · KÖNIG JOHANN I.[7]

Ein Bündnis gingen Mensch und Stunde ein,
wenn Gottes Handeln zu Geschichte ward.
Der Rest ist Fleisch; auf sein Gebein
die Erde harrt.

Des Tempels Meister, ohne es zu ahnen,
zu welchem Portugal erwählt,
soll, ihn zu schützen, uns dein Vorbild mahnen,
in Ruhm gestählt.

Der Name dein, erkor'n zu seinem Ruhme,
ist auf dem Altar, auf uns selbst gewandt,
die Flamme, deren Licht vom Heiligtume
die Schatten bannt.

DIE SIEBTE (II) · KÖNIGIN FILIPA DE LENCASTRE[8]

Welch Rätsel lag in deinem Schoß,
der nur Genies empfing?
Welch Erzengel umschloß
den Muttertraum mit seinem Wächterring?

Dein ernstes Antlitz zu uns kehre,
Prinzessin heiligen Grals,
und das Imperium uns gebäre,
du Patin Portugals!

III As Quinas

PRIMEIRA · D. DUARTE, REI DE PORTUGAL

Meu dever fez-me, como Deus ao mundo.
A regra de ser Rei almou meu ser,
Em dia e letra escrupuloso e fundo.

Firme em minha tristeza, tal vivi.
Cumpri contra o Destino o meu dever.
Inutilmente? Não, porque o cumpri.

26. 9. 1928

SEGUNDA · D. FERNANDO, INFANTE DE PORTUGAL

Deu-me Deus o seu gladio, porque eu faça
A sua santa guerra.
Sagrou-me seu em honra e em desgraça,
Às horas em que um frio vento passa
Por sobre a fria terra.

Poz-me as mãos sobre os hombros e doirou-me
A fronte com o olhar;
E esta febre de Além, que me consome,
E este querer grandeza são seu nome
Dentro em mim a vibrar.

E eu vou, e a luz do gladio erguido dá
Em minha face calma.
Cheio de Deus, não temo o que virá,
Pois, venha o que vier, nunca será
Maior do que a minha alma.

21. 7. 1913

III Die Schilde

ERSTER · DOM DUARTE, KÖNIG VON PORTUGAL[9]

Die Pflicht erschuf mich so wie Gott die Welt.
Des Königtums Gesetz erhob mein Sein,
auf Tag und Wort war hütend ich bestellt.

So lebte ich, in Trauer eingehüllt.
Gegen mein Los half mir die Pflicht allein.
Vergebens? Nein, ich habe sie erfüllt.

ZWEITER · DOM FERNANDO, INFANT VON PORTUGAL[10]

In seinem heiligen Krieg zu streiten,
reichte mir Gott sein Schwert.
Mir, dem zu Ehre und Unglück Geweihten,
wenn kalter Wind zu seinen Zeiten
über die kalte Erde fährt.

Er legte die Hände auf meine Schultern und hüllte
die Stirn mir ein in Gold;
das fiebernde Weiter, das mich erfüllte,
der Drang nach Größe, der ungestillte,
sein Name ist es, der in mir grollt.

Ich geh' dahin, und des Schwertes Licht
taucht mein Antlitz in Ruhe ein.
Von Gott erfüllt, fürcht' ich Kommendes nicht,
denn, komme, was kommen mag, sein Gewicht
wird nie größer als meine Seele sein.

Claro em pensar, e claro no sentir,
É claro no querer;
Indifferente ao que ha em conseguir
Que seja só obter;
Duplice dono, sem me dividir,
De dever e de ser –

Não me podia a Sorte dar guarida
Por não ser eu dos seus.
Assim vivi, assim morri, a vida,
Calmo sob mudos céus,
Fiel à palavra dada e à idéia tida.
Tudo mais é com Deus!

15. 2. 1934

QUARTA · D. JOÃO, INFANTE DE PORTUGAL

Não fui alguem. Minha alma estava estreita
Entre tam grandes almas minhas pares,
Inutilmente eleita,
Virgemmente parada;

Porque é do portuguez, pae de amplos mares,
Querer, poder só isto:
O inteiro mar, ou a orla vã desfeita –
O todo, ou o seu nada.

28. 3. 1930

DRITTER · DOM PEDRO, REGENT VON PORTUGAL[11]

Wer klar im Denken und im Fühlen,
ist auch im Wollen klar,
gleichgültig gegen das, was im Vollbringen
nur Werk des Zufalls war,
doppelter Herrscher über
des Seins und Müssens Paar.

Das Schicksal konnt' mir keine Zuflucht geben,
wie es den Seinigen sie bot.
Unter dem stummen Himmel still ergeben
lebt' ich mein Leben und fand ich den Tod,
getreu dem Wort, das ich dereinst gegeben.
Das Übrige, es steht bei Gott.

VIERTER · JOHANN, INFANT VON PORTUGAL[12]

Ein Niemand war ich. Meine Seele zählt
nicht unter den Gestalten
der größ'ren Brüder, nutzlos auserwählt
und unberührt gehalten.

Der Portugiese, Vater weiter Meere,
kann nur dies wollen, kann nur dies vollbringen:
das ganze Meer oder den nicht'gen Saum,
das Ganze oder nichts.

Louco, sim, louco, porque quiz grandeza
Qual a Sorte a não dá.
Não coube em mim minha certeza;
Porisso onde o areal está
Ficou meu ser que houve, não o que ha.

Minha loucura, outros que me a tomem
Com o que nella ia.
Sem a loucura que é o homem
Mais que a besta sadia,
Cadaver addiado que procria?

20. 2. 1933

IV A Coroa

NUNALVARES PEREIRA

Que aureola te cerca?
É a espada que, volteando,
Faz que o ar alto perca
Seu azul negro e brando.

Mas que espada é que, erguida,
Faz esse halo no céu?
É Excalibur, a ungida,
Que o Rei Arthur te deu.

Sperança consumada,
S. Portugal em ser,
Ergue a luz da tua espada
Para a estrada se ver!

8. 12. 1928

Ein Tor, ja, ein Tor, weil ich Größe erstrebte,
wie sie die Himmlischen nicht verleih'n.
Weil ich den Traum zu bedrängend erlebte,
verblich dort, wo die Möwen schrein,
mein altes, nicht mein lebendiges Sein.

Erbt meine Torheit von mir
mit allem, was in ihr gärt!
Was wäre mehr als ein starkes Tier
der Mensch ohne Torheit wert,
lebender Leichnam, der sich vermehrt!

IV Die Krone

NUNALVARES PEREIRA[14]

Um dich her welcher Glorienschein?
Es ist dein kreisendes Schwert,
das schneidet in den Äther ein
und hat sein tiefes Blau verzehrt.

Welches zum Schlag bereite
Schwert erhellte die Himmelspracht?
Excalibur ist's, das geweihte,
von König Arthur dir vermacht.

Sankt Portugal nun im Sein
und vollendeten Hoffen:
bei deines Schwertes Schein
liegt unsere Straße offen.

V O Timbre

A CABEÇA DO GRYPHO · O INFANTE D. HENRIQUE

Em seu throno entre o brilho das espheras,
Com seu manto de noite e solidão,
Tem aos pés o mar novo e as mortas eras –
O unico imperador que tem, deveras,
O globo mundo em sua mão.

26. 9. 1928

UMA ASA DO GRYPHO · D. JOÃO O SEGUNDO

Braços cruzados, fita além do mar.
Parece em promontório uma alta serra –
O limite da tera a dominar
O mar que possa haver além da terra.

Seu formidável vulto solitario
Enche de estar presente o mar e o céu,
E parece temer o mundo vario
Que elle abra os braços e lhe rasgue o véu.

26. 9. 1928

A OUTRA ASA DO GRYPHO · AFFONSO DE ALBUQUERQUE

De pé, sobre os paizes conquistados
Desce os olhos cansados
De ver o mundo e a injustiça e a sorte.
Não pensa em vida ou morte,
Tam poderoso que não quere o quanto
Póde, que o querer tanto
Calcára mais do que o submisso mundo
Sob o seu passo fundo.
Trez imperios do chão lhe a Sorte apanha.
Creou-os como quem desdenha.

26. 9. 1928

V Das Wappen

DER KOPF DES GREIFEN · HEINRICH DER SEEFAHRER[15]

Auf seinem Thron im Glanz der Sphären –
sein Mantel Einsamkeit und Nacht –
vor ihm das neue Meer und die toten Ären, –
ist er der einzige Kaiser, dessen Hand
wahrhaft den Weltenball umspannt.

EINE SCHWINGE DES GREIFEN · KÖNIG JOHANN II.[16]

Gekreuzt die Arme, blickt er unverwandt
aufs Meer, ragt wie ein hoher Fels empor,
beherrschend schaut das kleine Küstenland
aufs Meer, das in der Weite sich verlor.

Und die Gestalt, die uns in Schrecken hält,
Himmel und Meer mit Gegenwart erfüllt;
zu fürchten scheint die mannigfaltige Welt,
daß er den Schleier reißt von ihrem Bild.

DIE ANDERE SCHWINGE DES GREIFEN · AFONSO DE ALBUQUERQUE[17]

Auf die eroberten Länder fällt
sein Blick, der satt es ist, die Welt,
Unrecht und Schicksalsschläge zu betrachten.
Auf Leben oder Tod mag er nicht achten,
so mächtig, daß er nicht mehr alles will, was er vermag,
denn auf das, was an Wollen in ihm lag,
hat er gewichtiger als auf die Welt,
die ihm gehorcht, den Fuß gestellt.
Drei Reiche schulden ihm, nur ihm Entstehn.
Er schuf sie, in Verachtung souverän.

Segunda Parte · Mar Portuguez

Possessio maris.

I O Infante

Deus quere, o homem sonha, a obra nasce.
Deus quiz que a terra fosse toda uma,
Que o mar unisse, já não separasse.
Sagrou-te, e foste desvendando a espuma,

E a orla branca foi de ilha em continente,
Clareou, correndo, até ao fim do mundo,
E viu-se a terra inteira, de repente,
Surgir, redonda, do azul profundo.

Quem te sagrou creou-te portuguez.
Do mar e nós em ti nos deu signal.
Cumpriu-se o Mar, e o Imperio se desfez.
Senhor, falta cumprir-se Portugal!

Zweiter Teil · Portugiesisches Meer

Possessio maris.

I Der Infant

Gott will, der Mensch träumt und das Werk entsteht.
Gott wollte, daß das Meer nicht Trennung wäre,
sondern zum Band der Einigung gerät –
geweiht, zogst du den Schleier fort vom Meere.

Von Fahrt zu Fahrt schrumpfte der weiße Saum
und hob sich bis zur Grenze unserer Welt.
Rund stieg wie ein erhellter Traum
die ganze Erde auf am Himmelszelt.

Als Portugiese wardst du auserkoren,
du für das Meer und wir in dir Signal.
Das Meer ist nun erfüllt, das Reich verloren.
Wann, Herr, erfüllt sich Portugal?

II Horizonte

Ó mar anterior a nós, teus medos
Tinham coral e praias e arvoredos.
Desvendadas a noite e a cerração,
As tormentas passadas e o mysterio,
Abria em flor o Longe, e o Sul siderio
Splendia sobre as naus da iniciação.

Linha severa da longinqua costa –
Quando a nau se approxima ergue-se a encosta
Em arvores onde o Longe nada tinha;
Mais perto, abre-se a terra em sons e cores:
E, no desembarcar, ha aves, flores,
Onde era só, de longe a abstracta linha.

O sonho é ver as fórmas invisíveis
Da distancia imprecisa, e, com sensiveis
Movimentos da esprança e da vontade,
Buscar na linha fria do horizonte
A arvore, a praia, a flor, a ave, a fonte –
Os beijos merecidos da Verdade.

II Horizont

O Meer! So grausig, eh' wir dich befuhren!
Buschwald und Strand hinter korallenen Fluren!
Seit Sturm und Nacht gewichen von den Riffen,
erblühte die geheimnisvolle Ferne,
und glanzvoll schimmerten der Südsee Sterne
über einweihenden Entdeckerschiffen.

Des fernen Küstenstreifens strenges Band ...
naht sich das Schiff, so wächst empor der Strand –
wo aus der Ferne nichts, da wachsen Pinien,
die Erde tut sich auf in Klängen und in Farben,
beim Landgang nimmt man wahr die Blumengarben
und Vögel, wo zuvor abstrakte Linien.

Träumen heißt unsichtbare Formen sehen
aus ungenauer Weite und im zähen
Ringen, gemischt aus Hoffen und Verlangen,
so weit des Horizontes kalte Linie reicht,
die dort erst Baum und Quell und Vogel weicht –
den Kuß der Wahrheit suchen und empfangen.

III Padrão

O esforço é grande e o homem é pequeno.
Eu, Diogo Cão, navegador, deixei
Este padrão ao pé do areal moreno
E para deante naveguei.

A alma é divina e a obra é imperfeita.
Este padrão signala ao vento e aos céus
Que, da obra ousada, é minha a parte feita:
O por-fazer é só com Deus.

E ao imenso e possivel oceano
Ensinam estas Quinas, que aqui vês,
Que o mar com fim será grego ou romano:
O mar sem fim é portuguez.

E a cruz ao alto diz que o que me ha na alma
E faz a febre em mim de navegar
Só encontrará de Deus na eterna calma
O porto sempre por achar.

13. 9. 1918

III Herrschaftssäule[18]

Groß ist die Mühsal, und der Mensch ist klein.
Ich, Diogo Cão, der Seemann, und Begleiter
setzten am braunen Strand den Herrschaftsstein
und die Entdeckungsfahrt ging weiter.

Torso das Werk, doch göttlich uns're Stärke.
Der Stein bezeugt vor Wind und Firmament,
welcher Teil mein ist am begonnenen Werke.
Nur Gott die künftigen Taten kennt.

Das Weltmeer schickt sich in die Lehre
der Wappenschilde – schaut nur her!:
griechisch und römisch sind begrenzte Meere,
doch portugiesisch unbegrenztes Meer.

Dies Kreuz besagt, daß, was so in mir glüht
und meine Kräfte an die Seefahrt bindet,
erst spät in Gottes ruhendem Gemüt
den stets erneut gesuchten Hafen findet.

IV O Mostrengo

O mostrengo que está no fim do mar
Na noite de breu ergueu-se a voar;
À roda da nau voou trez vezes,
Voou trez vezes a chiar,
E disse, »Quem é que ousou entrar
Nas minhas cavernas que não desvendo,
Meus tectos negros do fim do mundo?«
E o homem do leme disse, tremendo,
»El-Rei D. João Segundo!«

»De quem são as velas onde me roço?
De quem as quilhas que vejo e ouço?«
Disse o mostrengo, e rodou trez vezes,
Trez vezes rodou immundo e grosso,
»Quem vem poder o que só eu posso,
Que moro onde nunca ninguem me visse
E escorro os medos do mar sem fundo?«
E o homem do leme tremeu, e disse,
»El-Rei D. João Segundo!«

Trez vezes do leme as mãos ergueu,
Trez vezes ao leme as reprendeu,
E disse no fim de tremer trez vezes,
»Aqui ao leme sou mais do que eu:
Sou um Povo que quere o mar que é teu;
E mais que o mostrengo, que me a alma teme
E roda nas trevas do fim do mundo,
Manda a vontade, que me ata ao leme,
De El-Rei D. João Segundo!«

9. 9. 1918

V Epitaphio de Bartholomeu Dias

Jaz aqui, na pequena praia extrema,
O Capitão do Fim. Dobrado o Assombro,
O mar é o mesmo: já ninguem o tema!
Atlas, mostra alto o mundo no seu ombro.

IV Das Ungeheuer

Das Ungeheuer an des Meeres Ende
stieg auf zum Flug aus pechschwarzem Gelände;
dreimal umkreiste es die Karavelle,
dreimal umflog es sie und kreischte
und rief: »Wer ist es, der hier Einlaß heischte
in meine unerforschten Höhlen
und meinen düst'ren Zufluchtsort entweihte?«
Antwort erscholl ihm aus Matrosenkehlen:
»Es ist König Johann der Zweite!«

»Wes sind die Segel, die mein Flügel streift?
Wessen die Kiele, die mein Blick umgreift?«
So rief das Ungeheuer, dreimal kreisend,
widrig und fett kreist's dreimal durch die Nacht:
»Wer maßt sich an, was steht in meiner Macht?
Ich hause, wo der Mutigste verzagte,
und ströme Furcht aus vor der Meeresweite.«
Dem Mann am Steuer grauste und er sagte:
»Es ist König Johann der Zweite!«

Drei Male sank ihm aus der Hand das Steuer,
dreimal ergriff er es mit neuem Feuer
und sprach nach dreimaligem Beben:
»An diesem Steuerruder bin ich mehr als ich;
ich bin ein Volk, das will dein Meer für sich;
mehr als die Furcht, die in die Seele dringt,
das Monstrum in den Weltend-Dunkelheiten,
vermag der Wille, der ans Ruder zwingt,
von König Dom Johann dem Zweiten.«

V Epitaph für Bartolomeu Dias[19]

Hier ruht am kleinen weltentrückten Strand
der Kapitän des Endes. Als das Grauen
umschifft war, blieb das Meer doch altbekannt.
Wie Atlas läßt er uns die Welt auf seinen Schultern schauen.

VI Os Colombos

Outros haverão de ter
O que houvermos de perder.
Outros poderão achar
O que, no nosso encontrar,
Foi achado, ou não achado,
Segundo o destino dado.

Mas o que a elles não toca
É a Magia que evoca
O Longe e faz d'elle historia.
E porisso a sua gloria
É justa aureola dada
Por uma luz emprestada.

2. 4. 1934

VII Occidente

Com duas mãos – o Acto e o Destino –
Desvendámos. No mesmo gesto, ao céu
Uma ergue o facho tremulo e divino
E a outra afasta o véu.

Fosse a hora que haver ou a que havia
A mão que ao Occidente o véu rasgou,
Foi alma a Sciencia e corpo a Ousadia
Da mão que desvendou.

Fosse Acaso, ou Vontade, ou Temporal
A mão que ergueu o facho que luziu,
Foi Deus a alma e o corpo Portugal
Da mão que o conduziu.

VI Die Gebrüder Columbus[20]

Andre werden an sich bringen,
wessen wir verlustig gingen.
Andere für sich verbuchen
alles, was für unser Suchen
Finden und Verfehlen schenkte,
wie das Schicksal es verhängte.

Doch was beide nicht berührt,
ist Magie; sie evoziert
die Ferne, macht sie zur Geschichte.
Deshalb umgibt die Gloriole
sie mit gerechter Aureole,
verliehen von erborgtem Lichte.

VII Okzident

Schicksal und Taten halfen uns entdecken.
Zwei Hände – eine einzige Gebärde –:
die eine sehen wir die Fackel recken,
die andre zieht den Schleier von der Erde.

War auch der günstigen Stunde Prägekraft
die Hand, die uns den Okzident vermachte,
Leib gab der Mut und Kraft die Wissenschaft
der Hand, die dieses Werk vollbrachte.

War Zufall, Wille oder Sturmgewalt
die Hand, die uns den Okzident erzwang,
Gott war die Seele, Portugal der Halt
der Hand, die jene Fackel schwang.

VIII Fernão de Magalhães

No valle clareia uma fogueira.
Uma dança sacode a terra inteira.
E sombras disformes e descompostas
Em clarões negros do valle vão
Subitamente pelas encostas,
Indo perder-se na escuridão.

De quem é a dança que a noite aterra?
São os Titans, os filhos da Terra,
Que dançam da morte do marinheiro
Que quiz cingir o materno vulto –
Cingil-o, dos homens, o primeiro –,
Na praia ao longe por fim sepulto.

Dançam, nem sabem que a alma ousada
Do morto ainda commanda a armada,
Pulso sem corpo ao leme a guiar
As naus no resto do fim do espaço:
Que até ausente soube cercar
A terra inteira com seu abraço.

Violou a Terra. Mas elles não
O sabem, e dançam na solidão;
E sombras disformes e descompostas,
Indo perder-se nos horizontes,
Galgam do valle pelas encostas
Dos mudos montes.

VIII Fernão de Magalhães[21]

Im Tal ein Scheiterhaufen brennt.
Ein Tanz bewegt der Erde Fundament.
Gestaltlos aufgelöste Schemen
bei schwarzem Lichtglanz sich im Tal verbinden
und ihren Weg hangaufwärts nehmen,
wo sie in Finsternis verschwinden.

Wer tanzt dort und erschreckt die Nacht?
Titanen, von der Erde hochgebracht;
dem Tod des Seemanns gilt ihr Tanz,
der Mutter Welt umspannen wollte,
als erster Mensch umspannen ganz –
und nun am Strand sein Grabmal finden sollte.

Sie tanzen und, vom Wagemut gedrängt,
des Toten Seele die Armada lenkt;
sie ahnen nicht, daß dieser Steuermann
im Tod noch Kurs aufs Unbekannte hält:
abwesend führt er das Geschwader an
und schlingt die Arme um die ganze Welt.

Er hat die Erde vergewaltigt. Sie
aber tanzen und erfahren's nie;
und die gestaltlos aufgelösten Schemen
sieht man am Horizont entspringen
und ihren Weg hangaufwärts nehmen,
wo sie sich über stumme Berge schwingen.

IX Ascensão de Vasco da Gama

Os Deuses da tormenta e os gigantes da terra
Suspendem de repente o odio da sua guerra
E pasmam. Pelo valle onde se ascende aos céus
Surge um silencio, e vae, da nevoa ondeando os véus,
Primeiro um movimento e depois um assombro.
Ladeiam-o, ao durar, os medos, hombro a hombro,
E ao longe o rastro ruge em nuvens e clarões.

Em baixo, onde a terra é, o pastor gela, e a flauta
Cahe-lhe, e em extase vê, à luz de mil trovões,
O céu abrir o abysmo à alma do Argonauta.

10. 1. 1922

X Mar Portuguez

Ó mar salgado, quanto do teu sal
São lagrimas de Portugal!
Por te cruzarmos, quantas mães choraram,
Quantos filhos em vão resaram!
Quantas noivas ficaram por casar
Para que fosses nosso, ó mar!

Valeu a pena? Tudo vale a pena
Se a alma não é pequena.
Quem quere passar além do Bojador
Tem que passar além da dor.
Deus ao mar o perigo e o abysmo deu,
Mas nelle é que espelhou o céu.

IX Vasco da Gamas Himmelfahrt[22]

Die Seesturm-Götter und die Erdgiganten
urplötzlich allen Haß und Streit verbannten.
Sie staunen talaufwärts zum Firmament,
wo Stille wächst, und Nebelschleier trennt
Bewegung erst, hernach entsetztes Beben.
Und wie es dauert, Ängste sich erheben
und eine Spur in Wolken sich erhellt.

Ekstatisch, furchtsam im Gewitterschein
erkennt der Hirt, dem aus der Hand die Flöte fällt:
der tote Argonaut zieht in den Himmel ein.

X Portugiesisches Meer

O salzige Flut, wieviel von deinem Salz
sind Tränen Portugals!
Dich zu befahren, weinten Mütter,
klang Kinderbeten klagebitter;
wie viele Brautgemächer blieben leer,
auf daß du unser seist, o Meer!

Lohnt' es die Müh'? Die Müh' ist nie verloren,
wenn nur die Seele groß geboren.
Willst du Kap Bojador bezwingen,
mußt du den Schmerz erst niederringen.
Gott schloß das Meer mit Abgrundsiegeln
und ließ es doch den ganzen Himmel spiegeln.

XI A ultima Nau

Levando a bordo El-Rei D. Sebastião,
E erguendo, como um nome, alto o pendão
Do Imperio,
Foi-se a ultima nau, ao sol aziago
Erma, e entre choros de ancia e de presago
Mysterio.

Não voltou mais. A que ilha indescoberta
Aportou? Voltará da sorte incerta
Que teve?
Deus guarda o corpo e a fórma do futuro,
Mas Sua luz projecta-o, sonho escuro
E breve.

Ah, quanto mais ao povo a alma falta,
Mais a minha alma atlantica se exalta
E entorna,
E em mim, num mar que não tem tempo ou spaço,
Vejo entre a cerração teu vulto baço
Que torna.

Não sei a hora, mas sei que ha a hora,
Demore-a Deus, chame-lhe a alma embora
Mysterio.
Surges ao sol em mim, e a nevoa finda:
A mesma, e trazes o pendão ainda
Do Imperio.

XI Die letzte Galeere

König Sebastians Leichnam mit sich tragend,
des Reiches Banner alles überragend,
so entschwand
in unheilvoller Sonne der Galeeren
letzte, während Tränen uns verzehren,
ins Rätselland.

Sie kam nicht wieder. Wo stieß sie an Land?
An welcher Insel, die uns unbekannt?
In welchem Raum?
Gott hält der Zukunft Formen aufgespart,
doch zeigt Sein Licht uns ihre Eigenart
als dunklen Traum.

Ja, ob es gleich dem Volk an Stärke fehle,
in mir entbrennt die eig'ne atlantische
Seele;
vom Wunsch verzehrt,
ahn' ich dein Mahnbild in der Dunkelheit,
das wiederkehrt.

Zwar kommt die Stunde, doch ich kenn' sie nicht.
Gott läßt uns warten, und die Seele spricht:
Mysterium.
Zur Sonne in mir kommst du, in der Hand
das Banner und ein Wort, das Nebel bannt:
Imperium.

XII Prece

Senhor, a noite veio e a alma é vil.
Tanta foi a tormenta e a vontade!
Restam-nos hoje, no silencio hostil,
O mar universal e a saüdade,

Mas a chamma, que a vida em nós creou,
Se ainda ha vida ainda não é finda.
O frio morto em cinzas a ocultou:
A mão do vento pode erguel-a ainda.

Dá o sopro, a aragem, – ou desgraça ou ancia –,
Com que a chamma do esforço se remoça,
E outra vez conquistemos a Distancia –
Do mar ou outra, mas que seja nossa!

31. 12. 1921/1. 1. 1922

XII Gebet

Herr, wir sind elend und die Nacht brach ein.
Der Seesturm war zu groß, zu groß der Wille!
Das Weltmeer und die Sehnsucht sind allein
verblieben uns in feindseliger Stille.

Die Flamme, die das Leben einst geweckt,
kann, solang' Leben da ist, nicht verschwinden.
Sie liegt von kalter Asche überdeckt:
Die Hand des Windes kann sie neu entzünden.

Schenk uns den Hauch, bei dem wir vorwärtsdringen,
hauch unsrer Flamme neue Jugend ein,
laß abermals die Ferne uns bezwingen –
gleich welche Ferne, unser soll sie sein!

Terceira Parte · O Encoberto

Pax in Excelsis.

I Os Symbolos

PRIMEIRO · D. SEBASTIÃO

Sperae! Cahi no areal e na hora adversa
Que Deus concede aos seus
Para o intervallo em que esteja a alma immersa
Em sonhos que são Deus.

Que importa o areal e a morte e a desventura
Se com Deus me guardei?
É O que eu me sonhei que eterno dura,
É Esse que regressarei.

Dritter Teil · Der Verhüllte

Pax in Excelsis.

I Die Symbole

ERSTES · KÖNIG SEBASTIAN

Harrt aus! Ich fiel am Strand zur Unglücksstunde,
die Gott den Seinen zuerkennt
für Zwischenzeiten, wenn mit Gott im Bunde
in Träumen uns're Seele brennt.

Was, wenn mich Gott in seinen Schutz erhebt,
vermögen Tod und Mißgeschick?
Nur der, den ich mich träumte, überlebt,
als Solcher kehre ich zurück.

Triste de quem vive em casa,
Contente com o seu lar,
Sem que um sonho, no erguer de asa,
Faça até mais rubra a brasa
Da lareira a abandonar!

Triste de quem é feliz!
Vive porque a vida dura.
Nada na alma lhe diz
Mais que a lição da raiz –
Ter por vida a sepultura.

Eras sobre eras se somem
No tempo que em eras vem.
Ser descontente é ser homem.
Que as forças cegas se domem
Pela visão que a alma tem!

E assim, passados os quatro
Tempos do ser que sonhou,
A terra será theatro
Do dia claro, que no atro
Da erma noite começou.

Grecia, Roma, Cristandade,
Europa – os quatro se vão
Para onde vae toda edade.
Quem vem viver a verdade
Que morreu D. Sebastião?

21. 2. 1933

Elend, wer immer zu Hause lebt,
mit seiner Heimstatt zufrieden,
keine Träume träumt, keine Schwinge hebt,
das Feuer zu fachen, bei dem er strebt
fort aus des Herdfeuers Frieden.

Elend, wer immer im Glück!
Er lebt, weil ihm Leben gegeben.
In seine Seele ruft das Geschick
uralte Lehre zurück:
ein Grab ist das Leben.

Eine Epoche die nächste bedrängt
in der Zeit, die nach Zeitaltern mißt.
Dem Menschen ist Ungenügen verhängt.
Die Kräfte in uns – sie werden gelenkt
von der Seele inn'rer Vision!

Und so, nachdem die vier Zeiten
ihres erträumten Seins verronnen,
wird sich die Welt zum Theater weiten
des hellen Tages, der im geweihten
Vorraum einsamer Nacht begonnen.

Griechenland, Rom und Christenheit,
Europa – versunken, verdorben,
dort, wo verronnen jegliche Zeit.
Wer ist für das wahre Leben bereit,
für das Dom Sebastian gestorben?

TERCEIRO · O DESEJADO

Onde quer que, entre sombras e dizeres,
Jazas, remoto, sente-te sonhado,
E ergue-te do fundo de não-seres
Para teu novo fado!

Vem, Galaaz com patria, erguer de novo,
Mas já no auge da suprema prova,
A alma penitente do teu povo
À Eucharistia Nova.

Mestre da Paz, ergue teu gladio ungido,
Excalibur do Fim, em geito tal
Que sua Luz ao mundo dividido
Revele o Santo Gral!

18. 1. 1934

QUARTO · AS ILHAS AFORTUNADAS

Que voz vem no som das ondas
Que não a voz do mar?
É a voz de alguem que nos falla,
Mas que, se escutarmos, cala,
Por ter havido escutar.

E só se, meio dormindo,
Sem saber de ouvir ouvimos,
Que ella nos diz a esperança
A que, como uma criança
Dormente, a dormir sorrimos.

São ilhas afortunadas,
São terras sem ter logar,
Onde o Rei mora esperando.
Mas, se vamos dispertando,
Cala a voz, e ha só o mar.

26. 3. 1934

DRITTES · DER ERSEHNTE

Wo immer in beredter Schatten Runde
du ruhst, fühl' dich erträumt von unserem Blick
und richte dich aus deines Nichtseins Grunde
auf für erneuertes Geschick!

Erheb', du Galaaz mit Vaterland,
dein Volk von neuem aus der Buße Qual,
bereit' es, das in schwerster Prüfung stand,
zum Neuen Abendmahl.

Heb', Friedensmeister, dein gesalbtes Schwert,
Excalibur des Endes, und dein Wille
sei, daß sein Licht geteilter Welt
den heiligen Gral enthülle!

VIERTES · DIE GLÜCKSELIGEN INSELN

Was spricht zu uns aus Meeresrauschen
und ist des Meeres Stimme nicht?
Jemand will redend sich bezeugen,
doch, lauschen wir, fällt er in Schweigen,
das Lauschen ist ihm ärgerlich.

Nur wenn, in halben Schlaf versunken,
wir, ohne es zu wissen, hören,
sagt er uns Hoffnungszeichen an,
die uns, wie's Kindern gehen kann,
den schlafenden, im Schlaf betören.

Es sind die glückseligen Inseln,
sind Länder ohne einen Ort,
wo sich der König wartend zeigt;
jedoch, wenn wir erwachen, schweigt
die Stimme, nur das Meer tönt fort.

Que symbolo fecundo
Vem na aurora anciosa?
Na Cruz Morta do Mundo
A Vida, que é a Rosa.

Que symbolo divino
Traz o dia já visto?
Na Cruz, que é o Destino,
A Rosa, que é o Christo.

Que symbolo final
Mostra o sol já disperto?
Na Cruz morta e fatal
A Rosa do Encoberto.

21. 2. 1933/11. 2. 1934

II Os Avisos

PRIMEIRO · O BANDARRA

Sonhava, anonymo e disperso,
O Imperio por Deus mesmo visto,
Confuso como o Universo
E plebeu como Jesus Christo.

Não foi nem santo nem heroe,
Mas Deus sagrou com Seu signal
Este, cujo coração foi
Não portuguez mas Portugal.

28. 3. 1930

Welch fruchtbares Symbol
erscheint im Sehnsuchtsmorgen?
Am toten Kreuz der Welt
das Leben ist die Rose.

Welch göttliches Symbol
zeigt der erblickte Tag?
Am Kreuz, das unser Schicksal,
die Rose: sie ist Christus.

Welch endliches Symbol
zeigt die erwachte Sonne?
Am toten Kreuz des Schicksals
die Rose des Verhüllten.

II Die Ankündigungen

ERSTE · BANDARRA[23]

Er träumte, namenlos verloren
von dem von Gott erschauten Reich,
verworren wie die Welt, dem Toren
und Erzplebejer Jesus Christus gleich.

Er war nicht Heiliger, nicht Held,
und dennoch ward er zum Signal
von Gott gesalbt: auf dieser Welt
nicht Portugiese, sondern Portugal.

O céu strella o azul e tem grandeza.
Este, que teve a fama e à gloria tem,
Imperador da lingua portuguesa,
Foi-nos um céu também.

No immenso espaço seu de meditar,
Constellado de fórma e de visão,
Surge, prenuncio claro do luar,
El-Rei D. Sebastião.

Mas não, não é luar: é luz do ethereo.
É um dia; e, no céu amplo de desejo,
A madrugada irreal do Quinto Imperio
Doira as margens do Tejo.

31. 7. 1929

Das weite Firmament bestirnt die Bläue.
Er, der berühmt war und die Glorie kennt,
ist Kaiser unsrer Sprache stets aufs Neue
und auch für uns ein Firmament.

Aus seines Denkens unermess'nen Reichen,
zu Form und Vision geballt,
tritt als des Mondlichts wegbereitend Zeichen
König Sebastians Gestalt.

Doch nein, nicht Mondschein ist's: 's ist Ätherlicht.
Es ist ein Tag; in wunschdurchdrung'nem Blau,
unwirklich, wie das Fünfte Reich anbricht,
verschwimmt in Gold des Tejos Uferau.

TERCEIRO

Screvo meu livro à beira-magua.
Meu coração não tem que ter.
Tenho meus olhos quentes de água.
Só tu, Senhor, me dás viver.

Só te sentir e te pensar
Meus dias vacuos enche e doura.
Mas quando quererás voltar?
Quando é o Rei? Quando é a Hora?

Quando virás a ser o Christo
De a quem morreu o falso Deus,
E a dispertar do mal que existo
A Nova Terra e os Novos Céus?

Quando virás, ó Encoberto,
Sonho das eras portuguez,
Tornar-me mais que o sopro incerto
De um grande anceio que Deus fez?

Ah, quando quererás, voltando,
Fazer minha esperança amor?
Da nevoa e da saudade quando?
Quando, meu Sonho e meu Senhor?

10. 12. 1928

DRITTE

Ich schreib' mein Buch am Elendsstrand.
Dem Herzen ist kein Sinn gegeben.
Von Tränen heiß der Augen Rand.
Nur du allein, Herr, schenkst mir Leben.

Nur dich zu fühlen, dich zu denken,
vergoldet meine leeren Tage.
Wann wirst du dich uns wieder schenken?
Wann kommst du, König? Hör die Frage!

Wann wirst du christusgleich erlösen
mich, dem der falsche Gott gestorben,
und mich erwecken aus dem Bösen
zu neuer Erde, unverdorben?

Wann, o Verhüllter, kommst du auch,
du ewiger Traum der Portugiesen,
machst mich zu mehr als vagem Hauch
einer Begier, die Gott gewiesen?

Wann zeigst du deine Rückkehr an,
gibt meine Hoffnung Liebe Raum?
Wann steigst du aus der Sehnsucht, wann?
Wann, mein Gebieter und mein Traum?

III Os Tempos

PRIMEIRO · NOITE

A nau de um d'elles tinha se perdido
No mar indefinido.
O segundo pediu licença ao Rei
De, na fé e na lei
Da descoberta ir em procura
Do irmão no mar sem fim e a nevoa escura.

Tempo foi. Nem primeiro nem segundo
Volveu do fim profundo
Do mar ignoto à patria por quem dera
O enigma que fizera.
Então o terceiro a El-Rei rogou
Licença de os buscar, e El-Rei negou.

*

Como a um captivo, o ouvem a passar
Os servos do solar.
E, quando o vêem, vêem a figura
Da febre e da amargura,
Com fixos olhos rasos de ancia
Fitando a prohibida azul distancia.

*

Senhor, os dois irmãos do nosso Nome
O Poder e o Renome –
Ambos se foram pelo mar da edade
À tua eternidade;
E com elles de nós se foi
O que faz a alma poder ser de heroe,
Queremos ir buscal-os, d'esta vil
Nossa prisão servil:
É a busca de quem somos, na distancia
De nós; e, em febre de ancia,
A Deus as mãos alçamos.

Mas Deus não dá licença que partamos.

III Die Zeiten

DIE ERSTE · NACHT

Verloren irrte eine der Galeeren
auf grenzenlosen Meeren.
Und eine zweite bat in höchster Not,
wie Glaube und Gesetz gebot,
den König um die Gunst,
den Bruder auszuspäh'n im Nebeldunst.

Die Zeit verstrich. Der erste wie der zweite
kehrten nicht wieder aus der Weite
der unbekannten See ins Vaterland,
und höher wuchs die Rätselwand.
Da holt ein dritter die Erlaubnis ein
zur Suche, doch der Fürst sprach: Nein.

*

Man hört ihn schreiten auf und ab
wie den Gefangenen im Kerkergrab.
Und sieht man ihn, trägt die Gestalt
Fieber und Bitterkeit in sich geballt.
Sehnsuchtsvoll starren seiner Augen Sterne
in die verschlossene blaue Ferne.

*

Du hast uns als Geschwister zugebracht
den Ruhm, Herr, und die Macht;
beide verschwanden auf dem Meer der Zeit
in deine Ewigkeit;
mit ihnen ging dahin,
was uns zum Heldentum erweckt den Sinn;
aus unsrer Sklavenhaft
sie suchend ziehen wir auf Wanderschaft:
Wer wir wohl sind, das suchen wir,
entfernt von uns; in fiebernder Begier
zu Gott erheben wir die Hände.

Doch Gott erlaubt noch nicht des Aufbruchs Wende.

SEGUNDO · TORMENTA

Que jaz no abysmo sob o mar que se ergue?
Nós, Portugal, o poder ser.
Que inquietação do fundo nos soergue?
O desejar poder querer.

Isto, e o mysterio de que a noite é o fausto ...
Mas subito, onde o vento ruge,
O relampago, pharol de Deus, um hausto
Brilha, e o mar scuro struge.

26. 2. 1934

TERCEIRO · CALMA

Que costa é que as ondas contam
E se não pode encontrar
Por mais naus que haja no mar?
O que é que as ondas encontram
E nunca se vê surgindo?
Este som de o mar praiar
Onde é que está existindo?

Ilha proxima e remota,
Que nos ouvidos persiste,
Para a vista não existe.
Que nau, que armada, que frota
Pode encontrar o caminho
À praia onde o mar insiste,
Se à vista o mar é sòsinho?

Haverá rasgões no espaço
Que dêem para outro lado,
E que, um d'elles encontrado,
Aqui, onde ha só sargaço,
Surja uma ilha velada,
O paiz afortunado
Que guarda o Rei desterrado
Em sua vida encantada?

15. 2. 1934

DIE ZWEITE · STURM

Was liegt im Abgrund unter hoher See?
Wir, Portugal, und unser Sollen.
Was reißt uns rastlos aus der Tiefe jäh?
Der Wunsch, wir könnten wollen.

Dies, und das Wissen: Prunkvoll ist die Nacht...
Doch plötzlich, wo der Windsturm tönt,
Leuchtfeuer Gottes, zuckt der Blitz mit Macht,
das Meer im Dunkel dröhnt.

DIE DRITTE · WINDSTILLE

Von welchem Küstenland erzählen
die Wellen, das unauffindbar,
obgleich das Meer voll Schiffen war?
Was sich die Wellen auserwählen,
warum bleibt's ewig unsichtbar?
Das Meer schlägt rauschend an den Strand:
Wo bleibt das zugehörige Land?

Nah und doch fern, das Inselland
in uns'ren Ohren summt und klingt,
ob auch das Aug' nicht zu ihm dringt.
Welch' Schiff und welcher Schiffsverband
endlich den weiten Weg bezwingt
zum Strand, mit dem das Meer im Streit,
wenn ringsum Meereseinsamkeit?

Gibt es nicht einen Riß im Raum,
der auf die andre Seite führt
und der, hat man ihn aufgespürt,
hier, wo nur Tang gedeiht im Schaum,
das Inselreich herausgeführt
aus seiner seligen Schleierhülle,
das den verbannten König schützt
in seines Lebens Zauberfülle?

QUARTO · ANTEMANHÃ

O mostrengo que está no fim do mar
Veio das trevas a procurar
A madrugada do novo dia,
Do novo dia sem acabar;
E disse, »Quem é que dorme a lembrar
Que desvendou o Segundo Mundo,
Nem o Terceiro quere desvendar?«

E o som na treva de elle rodar
Faz mau o somno, triste o sonhar,
Rodou e foi-se o mostrengo servo
Que seu senhor veio aqui buscar.
Que veio aqui seu senhor chamar –
Chamar Aquelle que está dormindo
E foi outrora Senhor do Mar.

8. 7. 1933

QUINTO · NEVOEIRO

Nem rei nem lei, nem paz nem guerra,
Define com perfil e ser
Este fulgor baço de terra
Que é Portugal a entristecer –
Brilho sem luz e sem arder,
Como o que o fogo-fatuo encerra.

Ninguem sabe que coisa quere.
Ninguem conhece que alma tem,
Nem o que é mal nem o que é bem.
(Que ancia distante perto chora?)
Tudo é incerto e derradeiro.
Tudo é disperso, nada é inteiro.
Ó Portugal, hoje és nevoeiro ...

É a Hora!

Valete, Fratres.

10. 12. 1928

DIE VIERTE · MORGENFRÜHE

Das Ungeheuer an des Meeres Rand
trat aus der Finsternis und fand
des neuen Tages Morgen vor,
der für die Ewigkeit entstand,
und sprach: »Wer ist zum Schlaf imstand',
hat eine zweite Welt entdeckt
und läßt die dritte unerkannt?«

Wenn es sich umkehrt, fällt uns schwer
der Schlaf, die Träume bleiben leer;
das Ungeheuer zog von dannen;
es kam, nach seinem Herrn zu suchen, her,
rief nach ihm laut und mehr und mehr.
Es rief ihn, der im Schlummer liegt,
einstmals beherrschte er das Meer.

DIE FÜNFTE · NEBEL

Nicht König noch Gesetz, nicht Krieg noch Frieden
verleihen eigenes Profil und Sein
dem matten Dämmerschein,
der dem verzagten Portugal geblieben –
Glanz ohne Glut und wenig rühmlich,
wie er dem Irrlicht eigentümlich.

Niemand weiß, was er wirklich will.
Niemand kennt seinen eigenen Mut,
weiß nicht, was böse ist, was gut.
(Welch fernes Sehnen weint ganz nah?)
Alles ist ungewiß und spät die Zeit.
Nichts ist mehr ganz, und alles ist zerstreut.
O Portugal! Heut' nur ein Nebelreich...

Die Stunde kam!

Valete, fratres!

Anmerkungen zur »Botschaft«

1 Der Sage nach hat Odysseus (Ulisses) auf seinen Irrfahrten die Stadt Lissabon gegründet und ihr seinen Namen gegeben.

2 Viriatus, im 2. Jahrhundert v. Chr. Freiheitsheld der Lusitanier im Kampf gegen die Römer; wurde von seinen eigenen Leuten verraten und von den Römern hingerichtet.

3 Graf Heinrich (?–1112), »comes Portugalensis«, zeichnete sich im Kampf gegen die Mauren aus und legte den Grund für das spätere Königreich Portugal.

4 Dona Tareja oder Teresa, uneheliche Tochter Alfons' VI. von León und Kastilien, (1075–1130). Verheiratet mit dem Grafen Heinrich, Mutter des ersten portugiesischen Königs Dom Afonso Henriques. Während der Abwesenheit ihres Gatten auf einem Kreuzzug übernahm sie die Regierung der Grafschaft Portugal und kämpfte mit ihrer Schwester, Dona Urraca, um Portugals Autonomie. Als sich Dona Tareja zur Vasallentreue gegenüber ihrem Neffen, Dom Afonso VII., von Kastilien verpflichtete, wehrte sich ihr Sohn Afonso Henriques gegen diese Entscheidung und besiegte sie in der Schlacht von S. Mamede. Dona Tareja zog sich aufs Altenteil zurück.

5 Dom Afonso Henriques, erster König von Portugal (1109?–1185). Er eroberte Lissabon und Santarém und erreichte die völlige Unabhängigkeit von Spanien.

6 König Dom Dinis (1261–1325) kämpfte gegen den übermächtigen Einfluß des Adels, verwandelte den Templer-Orden in den Orden der Christusritter, erbaute zahlreiche Burgen und begründete die portugiesische Marine. Er entwickelte die Land- und Forstwirtschaft. Sein Hof war eines der literarischen Zentren der Iberischen Halbinsel; der König selber schrieb Minnelieder.

7 König Johann I. (1357–1433), unehelicher Sohn von König Peter und einer galizischen Hofdame. Von tüchtigen Begleitern, dem Feldherrn Nun'Álvares Pereira und dem geistlichen Staatsmann João das Regras unterstützt, gelangte er 1385 auf den Thron. Er führte einen siegreichen Krieg gegen Kastilien und heiratete die Engländerin Filipa de Lencastre.

8 Dona Filipa de Lencastre (1360–1415), Gemahlin König Johanns I., Enkelin König Eduards III. von England, war die Mutter der sogenannten »ínclita geração«, der »berühmten Generation«, von der sich König Duarte, der Infant Fernando, Dom Pedro und Heinrich der Seefahrer hervortaten. Sie starb an der Pest.

9 König Duarte (1391–1438) regierte unter unglücklichen Begleitumständen nur fünf Jahre. Unter seiner Herrschaft gelang es Gil Eanes, das Kap Bojador zu umschiffen, an dem bis dahin alle Entdeckungsfahrten geendigt waren. Er war verantwortlich für den unglücklich verlaufenen Krieg gegen Marokko und die Niederlage bei Tanger, bei welcher der Infant Fernando in maurische Gefangenschaft geriet. Die Mauren forderten für dessen Freilassung die Räumung von Ceuta, worauf der König, von Heinrich dem Seefahrer beraten, nicht eingehen wollte. Dom Duarte trat auch als Autor ritterlicher Bücher hervor (»Über die Reitkunst«).

10 Der Infant Dom Fernando (1402–1443) wurde anläßlich der glücklosen Expedition nach Tanger von den Mauren gefangengenommen und als »Infante Santo« zur Symbolfigur eines christlichen Märtyrers, den unter anderem Calderón in einem Schauspiel verherrlichte. Der historische Dom Fernando scheint jedoch bis zu seinem Tode im Kerker auf Befreiung gehofft und keineswegs freudig die Märtyrerrolle übernommen zu haben.

[11] Der Infant Dom Pedro (1392–1449) kämpfte gegen die Mauren in Ceuta und gegen die Türken in Ungarn und vertrat sein Land als reisender Diplomat, bis er für den minderjährigen Alfons V. die Regentschaft übernahm. Er war gegen jede Expansion in Marokko eingestellt, konnte jedoch seine Vorstellungen von einem auf Handel ausgerichteten Portugal nicht durchsetzen und kam nach der Mündigkeit des Königs in einem offenen Konflikt mit ihm zu Tode. 1443 verlieh er seinem Bruder Heinrich (dem Seefahrer) das Privileg für alle jenseits des Kaps Bojador zu entdeckenden afrikanischen Ländereien.

[12] Der Infant Dom Johann, 1400–1442, der siebente Sohn Johanns I. und Dona Filipas von Lencastre, der unbekannteste unter den Mitgliedern der »ínclita geração«, ebenfalls Gegner eines Ausgriffs nach Marokko.

[13] König Dom Sebastian (1554–1578), Sohn Johanns III. und einer Tochter Karls V., Johanna von Österreich, ein wenig intelligenter und ungebildeter Herrscher, fixierte sich auf einen Kreuzzug in Nordafrika, der Portugals Wirtschaftsinteressen in diesem Bereich dienlich sein sollte. Allen Ratschlägen unzugänglich, ließ er sich im Hochsommer 1578 auf eine Schlacht in der Gluthitze von Alcácer-Quibir ein und erlitt eine vernichtende Niederlage. Als Folge seines Todes verlor Portugal für 60 Jahre seine Unabhängigkeit an die spanischen Könige. Gleichwohl entstand, als Ausdruck des portugiesischen Unabhängigkeitsstrebens, der Sebastianismus, der Glaube an eine Rückkehr des nur verschollen geglaubten Königs, der bis in die unmittelbare Gegenwart hinein in Portugal Anhänger besessen hat.

[14] Dom Nuno Álvares Pereira (1360–1431), Feldherr und Sieger in der Schlacht von Aljubarrota (1385) über die Spanier, wodurch er die Unabhängigkeit seines Landes sicherte.

[15] Der Infant Dom Henrique (Heinrich der Seefahrer, 1394–1460), der fünfte Sohn Johanns I. und Filipa de Lencastres, ist der legendenumwobene Vater der portugiesischen Entdeckungsfahrten, an denen er nur – in Sagres – beratend teilgenommen hat. Als Hochmeister des Christusritterordens finanzierte er die Reisen von Gil Eanes, die über Kap Bojador hinaus in Richtung auf das Kap der Guten Hoffnung führten. Sein Anteil an den Erfolgen der portugiesischen Entdecker ist von den Historikern unterschiedlich beurteilt worden.

[16] König Dom Johann II. (1445–1495). Unter seiner Regierung wurden die atlantische Expansionspolitik Portugals fortgeführt und Portugals Rechte auf Afrika gegenüber Spanien verteidigt. Bei der Teilung der neu entdeckten Welt im Vertrag von Tordesillas (1494) fiel Portugal ein Teil von Brasilien zu, den es später stark erweiterte.

[17] Afonso de Albuquerque (1462?–1515), der größte portugiesische Eroberer und Staatsmann im Orient, eroberte Oman und Ormuz, Goa und Malacca, war zeitweilig Vizekönig von Indien und wurde schließlich von dem mißtrauischen König abgesetzt.

[18] Diogo Cão unternahm 1482 und 1485 Entdeckungsfahrten entlang der afrikanischen Westküste und richtete als Zeichen der portugiesischen Landnahme Herrschaftssäulen auf.

[19] Bartolomeu Dias (?–1500) erreichte als erster Europäer 1488 die Südspitze Afrikas und legte damit den Grund für Vasco da Gamas Entdeckung des Seewegs nach Indien.

[20] Christoph Kolumbus (1451?–1506) unternahm vier Entdeckungsreisen nach Mittel- und Südamerika. Einige portugiesische Historiker versuchen zu beweisen, daß Columbus ein gebürtiger Portugiese und keineswegs ein Genuese gewesen sei.

[21] Ferdinand Magallan (Fernão de Magalhães) (ca. 1480–1521) unternahm, gebürtiger Portugiese, die erste Weltumseglung in spanischen Diensten, geriet bei der Landung auf den Philippinen in einen Hinterhalt und wurde ermordet. Nur 18 Mitgliedern seiner Mannschaft gelang die Rückkehr nach Spanien.

[22] Vasco da Gama (1468?–1524), Entdecker des Seewegs nach Indien und zeitweilig dort Vizekönig.

[23] Gonçalo Anes Bandarra, Schuhmacher aus Trancoso, geboren in den ersten Jahren des 17. Jahrhunderts, schrieb die prophetischen dunklen »Trovas«, mit denen er den Mythos vom wiederkehrenden König Sebastian begründete. Von der Inquisition verfolgt, wurde er schließlich freigesprochen.

[24] Pater António Vieira (1608–1697), Jesuit und Kanzelredner, Meister der portugiesischen Prosa; Staatsmann und (lange in Brasilien tätiger) Missionar, Anhänger des Sebastianismus.

Das fünfte Reich

Die ursprüngliche Deutung der fünf Reiche steht im Alten Testament(...). Dieser Deutung zufolge, die naiv in ihren Vorurteilen und rudimentär in ihrer Form ist, versteht man dieses Reich ausschließlich materiell als eroberndes Reich. Vermutlich war das nach diesem Modell erwartete fünfte Reich das hebräische, da die Propheten Hebräer waren und es angesichts der Naivität ihrer Vision nahe liegt, daß sie dem egozentrischen Irrtum verfallen sind, der allen Propheten gemeinsam ist, die mit einer bestimmten Absicht prophezeien.

Diese Aufteilung in fünf Reiche oder, besser gesagt, in vier, aus deren Vergleich man erschließen kann, wie das fünfte beschaffen sein wird, ist, wie ich schon sagte, von Naivität beeinträchtigt. Wir müssen also zuallererst den Begriff »Reich« weiter fassen; ohne eine solche Erweiterung ist er es nicht wert, daß man mit Bezug auf ihn Prophezeiungen wagt, oder wenn man das doch tut, wird die Prophezeiung eng, national und fast sektiererisch.

Ein jüdisches Reich ist ein Ding der Unmöglichkeit, weil die Idee eines Reiches (in ihrem höheren Sinne) synkretistisch oder, besser gesagt, die Idee von einem synkretistischen Reich ist, das heißt von einem Reich, das verschiedene Dinge einbezieht, verschiedene Einflüsse zusammenfaßt und mithin eine Synthese und nicht eine einfache Ausdehnung der Macht ist. Deshalb hat sich ausgehend von unserer Zivilisation, innerhalb derer die Juden selbst, die zu ihrer Entstehung beigetragen haben – nicht vorherrschend, sondern nur als eines ihrer Elemente –, ihren Platz finden, die neue Einteilung der vier Reiche herausgebildet, mit deren Hilfe man bis zu einem bestimmten Punkt Natur und Charakter des fünften erschließen kann.

Diese Einteilung ist die folgende: Griechisches Reich (womit alle Kenntnisse und die gesamte Erfahrung der vorkulturellen antiken Imperien gemeint sind); Römisches Reich (das die gesamte Erfahrung und Kultur der Griechen zusammenfaßt und in seinem Umkreis alle Völker verschmilzt, die damals oder später unsere Zivilisation ausgemacht haben); Christliches Reich (das den Raum des Römischen Reiches mit der Kultur des Griechischen Reiches verschmolzen und ihm orientalische Elemente jeglicher Art, darunter das hebräische, hinzugefügt hat; und das Englische Reich (das die Errungenschaften der drei anderen Reiche über die gesamte Erde verteilt hat und so das erste Reich mit einer neuen Art von Synthese geworden ist. Hat es doch die griechische Kultur, die nirgendwo so ausgeprägt ist wie in England, denn Milton ist der griechischste unter den modernen Dichtern (Matthew Arnold zitieren!), den Raum und das »imperium« der Römer und die christliche Moral verschmolzen, die nirgends so wirksam ist wie in den englischsprachigen Ländern, wo die christliche Aktivität am größten ist, wie man an den unzähligen Sekten sieht, die diese ständige Spekulation verdeutlichen ...). Das Fünfte Reich wird notwendigerweise diese vier Reiche mit allem verschmelzen, was außerhalb von ihnen steht und also das erste wahrhaft weltumspannende oder universale Reich darstellen.

Dieser Gesichtspunkt wird von der Soziologie unserer Zivilisation bekräftigt. Diese setzt sich, so wie sie heute beschaffen ist, aus vier Elementen zusammen: aus der griechischen Kultur, der römischen Ordnung, der christlichen Moral und dem englischen Individualismus. Dazu kommt noch der Geist der Universalität, der mit Notwendigkeit aus dem plurikontinentalen Charakter unserer gegenwärtigen Zivilisation hervorgehen muß. Bis jetzt hat es nur eine europäische Zivilisation gegeben; die Verbreitung der europäischen Zivilisation über die ganze Welt ist zwangsläufig eine Aufgabe des Fünften Reiches.

Im allgemeinen faßt man dieses Reich als christlich auf und spricht von ihm, als ob es auf das Reich des Antichristen folgen und die zweite Ankunft Christi bringen werde. Obwohl diese Hypothese nicht mit Notwendigkeit aus den Gegebenheiten hervorgeht – weder aus den soziologischen noch aus den prophetischen –, ist sie gleichwohl annehmbar. Wir werden sie nicht verteidigen, aber wir werden sie auch nicht bekämpfen. Gegen den imperialen Vorrang der christlichen Religion steht das gleiche Recht auf Vorherrschaft, die die islamische, die buddhistische Religion und andere beanspruchen können. Wenn jedoch das Universalreich oder Fünfte Reich einen religiösen Chrakter besitzt, was zwar nicht bewiesen, aber dennoch wahrscheinlich ist, so ist nicht anzunehmen, daß dieser außerchristlich sein könnte. Von den beiden anderen Religionen, die in diesem größeren Reich konkurrieren könnten, ist die islamische zu eng. Die buddhistische ist, vor allem in der theosophischen Gestalt, in der sie sich ausgebreitet hat, als universelle Religion annehmbarer, denn sie will in der Tat nicht eigentlich eine Religion sein, sondern der Geist aller Religionen. Doch muß man erkennen, daß sich der Buddhismus außerhalb des moralischen Modells der europäischen Zivilisation befindet, innerhalb derer die Bildung des Fünften Reiches, wenngleich in Richtung auf eine universale Form hin, vonstatten gehen muß. Wie auch immer das Fünfte Reich beschaffen ist, es muß die vier vorangehenden einschließen und zu einer Synthese führen, denn genau so hat jedes von ihnen die vor ihm gekommenen einbezogen und zur Synthese gebracht. Nun stehen aber die griechische Kultur, die römische Ordnung und sogar die christliche Moral in einigen ihrer Einzelzüge außerhalb des buddhistischen Modells. Von allen Religionen hat nur das Christentum eigentlich synkretistischen Charakter: gebildet auf der Basis der griechischen Metaphysik, verbreitet auf der Grundlage des römischen Imperialismus und schon mit einem Synkretismus auferbaut, der die orientalischen Religionen einschließt; einschließlich derjenigen, aus welcher der Buddhismus hervorgegangen ist, wird das Christentum auch noch mit Leichtigkeit den englischen Individualismus absorbieren, der sich später anschloß, weil das Christentum seinem Wesen nach individualistisch ist – wie die griechische Kultur, aus der es vage hervorgegangen ist. Nur kann es nicht katholisch sein. Der Katholizismus ist zu einem neuen Synkretismus unfähig geworden; er könnte auch nicht den englischen Individualismus einbeziehen, der ihm konträr ist und, da er ein Merkmal des Vierten Reiches ist, auf Grund des Gesetzes für die Ausbildung von Imperien innerhalb einer Zivilisation als Element in das fünfte eingehen muß.

Da gibt es ferner die Hypothese von der Entstehung einer neuen Religion. Daß eine neue Religion erscheinen könnte, lassen wir gelten. Wir akzeptieren es jedoch nicht innerhalb des Modells der fünf Reiche. Wir geben zu, daß es später geschehen könnte, wenn alle fünf Reiche und auch unsere eigene Zivilisation vorübergegangen sind, denn wir nehmen an, daß sie nicht ewig währen wird, da nichts auf dieser Welt ewig ist. Auch den Tod des Christentums nehmen wir als denkbar an, jedoch außerhalb unserer »Zeiten«. Ohne Zweifel wird er dem entsprechen, was die Propheten unseres Modells das »Weltende« oder das »Jüngste Gericht« nennen, wie sich denn üblicherweise im Geiste des Propheten das Ende dessen, was er als die Welt ansieht, mit dem Ende seiner eigenen Welt verwirrt. Wir haben bereits mit einem ähnlichen Beispiel auf diese Art von Verwirrung angespielt, als wir auf das Wesen des prophetischen Geistes zu sprechen kamen.

Im übrigen erscheint dieser endliche Triumph des Christentums auch deutlich in den wenigen Prophezeiungen, die wir zu diesem Thema besitzen, bei denen der Prophet als von seinen eigenen Meinungen und Wünschen unabhängig erscheint: der einzigen Möglichkeit, um die Prophezeiung als gültig und nicht als Ausdruck einer eigenen Träumerei aufzufassen. Eine von ihnen steht in dem Vers des Nostradamus, der am Ende der Zenturien erscheint, damit man beachten soll, daß er sich auf das Ende aller »Dinge« bezieht, das heißt auf das Ende der Zivilisation, zu der wir gehören.

Hierbei ist das Christentum die Religion der Meere, vom Zeichen der Fische beherrscht und sein Begründer geboren von *Maria*, was auf lateinisch *Meere* heißt.

Eine weitere, noch merkwürdigere Prophezeiung ist diejenige des hl. Franz von Paula. Dieser sagt, es werde eine »neue Religion« entstehen – wohlverstanden: eine »neue«! – (Lusitanus[2] verdreht unnützerweise diesen Satz bei der Auslegung; wenn nämlich der hl. Franz von Paula *alte* Religion sagen wollte, warum mußte er sie dann *neu* nennen?); aber diese Religion wird eingeführt oder ausgebaut werden von Leuten, die er die »kreuztragenden« nennt. Daß es Kreuzträger sind, deutet an, daß es sich um eine christliche Religion handelt, denn das Kreuz ist das wesentliche Symbol des Christentums (obgleich es, wenn auch nur beiläufig, in der Symbolik anderer Religionen aufscheint); daß aber die Religion »neu« ist, deutet an, daß sie nicht katholisch ist, denn für den hl. Franz von Paula, der natürlich katholisch war, ist ein nicht-katholisches Christentum eine neue Religion.

Die Prophezeiung des Nostradamus ist glaubhaft, weil sie »unparteiisch« ist, denn das sind alle Prophezeiungen dieses ungewöhnlichen Mannes; sie und diejenigen aus dem Dritten Corpus unseres Bandarras. Die Prophezeiung des hl. Franz von Paula ist ebenfalls glaubhaft, denn ganz offenkundig ist die Prophezeiung eines Katholiken »unparteiisch«, der, wenn auch unfreiwillig, den Untergang seiner eigenen Religion prophezeit.

*

Da unsere Vorfahren die Wahrheit nur als römisch-katholisch auffaßten und keine andere Art von Reich gelten ließen außer einem Reich der Kriege und Eroberungen, mußten sie die Prophezeiungen Bandarras und andere ähnlich geartete, die uns für die Zukunft das Fünfte Reich zuschrieben, so auffassen, als ob sie uns als Führer und wahre Allverbreiter der römisch-katholischen Kirche und als Eroberer mit Waffengewalt bezeichneten, als Eroberer der gesamten Welt für sie und für uns. Sie hatten keinerlei Verständnis dafür, daß man als katholische oder universale Kirche auch etwas anderes bezeichnen könnte als eine Kirche, die sich selbst römisch nennt und damit selbst zur Stofflichkeit verdammt, daß man unter »Reich« zwar die Herrschaft über andere Völker verstehen könnte, aber nicht notwendigerweise eine Herrschaft durch Waffengewalt oder irgendeine andere damit verbundene Kunst, mit der die alten Kaiser ihre

Erobererherrschaft aufrichteten. Toleranz ist für den wahren Gläubigen irgendeines Glaubens unmöglich, vor allem wenn er die engen Grenzen des Fetischismus und des schlichten Aberglaubens überschreitet, ohne doch den Synkretismus der Heiden und der Okkultisten zu erreichen. Wer seine Religion für wahr und als solcher die Rettung der Seelen nur in ihrem Bereich für möglich hält, kann die Propaganda für eine andere Religion oder den Versuch, ihr diejenigen abspenstig zu machen, die allein in ihr das Heil finden sollen, nur als ein Verbrechen betrachten, das alle Verbrechen dieser Welt übertrifft. Man braucht sich also nicht über den Verfolgungseifer der Inquisitoren, der Puritaner und aller derjenigen zu wundern, die in Wahrheit einen Glauben besitzen, den sie für universal halten. Keine andere Glaubensauffassung war Völkern möglich, die noch auf einer unvollkommenen Kultur- und Zivilisationsstufe standen. Wir können die Märtyrer dieser Verfolgungen beklagen, wie etwa diejenigen der Christenverfolgungen Ergebnis einer ähnlichen Sorge um Sicherheit und Einheit des Imperiums waren, aber wir dürfen weder die Verfolger als Verbrecher an den Pranger stellen noch die Märtyrer mehr beklagen als wir diejenigen bedauern, die unter den Ungerechtigkeiten des Schicksals zu leiden haben.

*

Stellen, die darauf hindeuten, daß das Fünfte Reich christlich sein wird:

> Celui qui aura la charge de destruire
> Plus aux rochers qu'aux vivants.[3]

»Rochers« sind die Katholiken, denn sie sind die »Felsen« des Petrus.

»Lebendig« sind diejenigen, die das Leben wachhalten, das heißt für die ständige Wandlung des Christentums sorgen – die Protestanten, wenn man so will.

Par terre et ciel aux oriens tampeste.[4]

Nicht allein materielle, sondern geistige Herrschaft; beim Infanten mittels Krieg und Missionierung, beim Fürsten (...).

Das Reich wird christlich, wird universal, wird synkretistisch sein. Ein Reich, das in sich das dritte einschmelzen muß, nämlich das christliche, kann das nicht, indem es Christus ausschließt, denn das würde es heißen, wenn man ihn nicht einschlösse, sondern ausließe.

Annehmbar ist die Auffassung, derzufolge das Reich des Antichristen nach dem Fünften Reich erscheint. Dieser Antichrist bedeutet die Auflösung unserer Zivilisation, die sich so schicksalhaft auflösen muß wie alle und alles auf dieser Welt. Dann, so heißt es, kommt das Weltende mit dem Sieg Christi. Aber dieses »Weltende«, so wissen wir schon, bedeutet das

Absterben der christlichen Religion. Was nun den Sieg Christi, das Jüngste Gericht und ähnliche Sätze betrifft, so sind das Ausdrücke, die schon außer Gebrauch geraten sind. Wenn die christliche Zivilisation auf Erden abgestorben ist, wird sie nur in einer anderen Welt fortbestehen können – das werden wir weder bejahen noch verneinen, denn wir können davon nichts wissen und nichts mutmaßen.

Ein kurioser Fall von Auslegung:[5] Das Reich des hl. Geistes als das Reich des Todes anzusehen und auf das Reich des Antichristen folgen zu lassen, das seinerseits auf das Reich des Wortes folgt. Das paßt zu dem Gesagten, vor allem wenn man das Wort »Tod« beachtet.

Die analog verfahrende Intelligenz, deren unterster Grad Zitat und Anspielung sind, womit man die Rede belebt, und deren höherer Grad die Auslegung der Prophezeiungen und Symbole ist. *Die Auslegung der Prophezeiungen verschmilzt die analog verfahrende Intelligenz mit der rationalen* (ein synkretistisches Phänomen!).

»Religion du nom des mers vaincra«. Dreimal wird sie siegen: nach der Renaissance, nach der modernen Epoche und nach der Epoche der dritten »Plage«.

*

So wird nun deutlich, daß es im Fünften Reich eine Vereinigung der beiden seit langem getrennten, aber seit langem aufeinander zustrebenden Kräfte geben wird: die linke Seite der Weisheit, also Wissenschaft, Vernunftüberlegung und geistige Spekulation; und ihre rechte Seite, also okkulte Erkenntnis, Intuition sowie mystische und kabbalistische Spekulation. Die Allianz zwischen Dom Sebastian, dem Kaiser der Welt, und dem Papa angelicus verkörpert diese intime Verbindung, diese vielleicht ohne jede Trennung erfolgende Verschmelzung des Stofflichen und des Geistigen. Und die zweite Ankunft oder die neue Fleischwerdung des gleichen Adepten, auf den Gott dereinst sein Symbol oder seinen Sohn projizierte, verdeutlicht nur auf andere Weise dieselbe höchste Allianz.

...

Daher ist das portugiesische Reich gleichzeitig ein Reich der Kultur und das Universalreich selbst, das etwas anderes ist.

Der »Friede«, von dem Bandarra sagt, es werde ihn auf der ganzen Welt geben, wird ein Friede sein, bei dem es keine religiösen Unterschiede mehr gibt; man »wird den Frieden eines einzigen Gottes kennen«, wie er weiterhin sagt.

Und all dies wird die Zeit andauern, die es dauern muß, denn es gibt nichts Überdauerndes oder Ewiges, und Gott selber, der diese Welt geschaffen hat, ist vielleicht nicht mehr als einer von »vielen Göttern«, Schöpfer eines von vielen »Universen«, die auf geheimnisvolle Weise koexistieren, alle vielleicht als unendlich und ewig beschreibbar. Das Geheimnis, so sagt der höchste Okkultismus, ist nicht nur größer als das Universum, sondern als Gott selber.

*

»Die Lusiaden«[6] gehören zur untersten Art der höchsten Gattung in der Literatur.

Daß dieses Reich kommen kann, beweist gewiß nicht, daß es auch wirklich kommen wird; ohne die Möglichkeit seiner Heraufkunft wird es jedoch mit Sicherheit nicht zu uns kommen.

Laßt uns den großen portugiesischen Genies den Weg bereiten, selbst wenn sie im Gegensatz zu der prophetischen Stimme niemals erscheinen. Dann werden wir das Spiel verloren, aber an Erfahrung gewonnen haben. Die Bemühung um ein hohes Ziel ist schon an und für sich ein Resultat dieses hohen Ziels; was uns als groß zuwächst, weil wir stets an große Dinge denken, ist die erste Wirkung dieser großen Dinge. Niemand kann sagen, daß ein hohes Ziel niemals verwirklicht wird, wenn es zum hohen Ziel wird. Indem es das nämlich wird, ist es in gewisser Weise schon Wirklichkeit geworden.[7]

Anmerkungen des Übersetzers:

1 »Eine Religion mit dem Namen der Meere wird siegen.«

2 Lusitanus ist das Pseudonym des Autors des Buches »Zeichen der Zeiten« (Sinais dos Tempos), Lissabon, 1924, worin sich zahlreiche Prophezeiungen über die Zukunft Portugals befinden.

3 »Derjenige, der die Aufgabe hat, mehr die Felsen als die Lebendigen zu zerstören.«

4 »Auf Land und Himmel im Osten Sturm.«

5 Anspielung auf den Paracletianismus, die Interpretation des hl. Geistes, durch Pessoas Freund Raul Leal.

6 »Die Lusiaden«, das portugiesische Nationalepos des Luís de Camões.

7 Der vorliegende Text stammt aus Band III der von António Quadros besorgten Ausgabe: F.P., Obra poética e em Prosa, Porto, 1986, 641 ff.

Aus dem Vorwort zu dem Gedichtband »Fünftes Reich« von Pessoas Freund Augusto Ferreira Gomes:

Die Hoffnung auf das Fünfte Reich, so wie wir sie in Portugal erträumen und hegen, paßt ihrer Natur nach nicht zu dem, was traditionsgemäß als Sinn der Deutung überliefert wird, die Daniel dem Traum des Nebukadnezar gegeben hat.

In dieser traditionellen Gestalt ist die Abfolge der Reiche folgende: das erste Reich ist das babylonische, das zweite das der Meder und Perser, das dritte das griechische und das vierte das römische, während das fünfte wie immer zweifelhaft bleibt. Nach diesem Modell jedoch, das mit materiellen Zeichen rechnet, erscheint das letzte glaubhafterweise als das Reich Englands. Auf diese Weise legt man es aus; und ich glaube, daß man es auf diesem Niveau richtig auslegt.

Nicht so nach dem portugiesischen Modell. Dieses ist geistig und, anstatt wie in jener Überlieferung vom materiellen Reich Babyloniens auszugehen, nimmt es mit der Zivilisation, in der wir leben, mit dem geistigen Reich Griechenlands seinen Anfang, dem Ursprung all dessen, was wir geistig sind. Und wenn dies das erste Reich ist, so ist das zweite das römische, das dritte das christliche und das vierte das europäische, d. h. das Reich des laizistischen Europas nach der Renaissance. Für uns muß das Fünfte Reich ein anderes sein als das englische, weil es einer anderen Ordnung angehören wird. Wir schreiben es Portugal zu, für das wir es erwarten.

...

Der Sebastianismus

Wesentliche Prinzipien:

1. Wo es eine Form gibt, gibt es auch eine Seele. Die Form ist es, die ein so geartetes Ding zu einem so gearteten Ding macht. So besitzt ein Baum Form. Eine Schlacht, die so beschaffen ist und nicht anders, hat auch eine Form. Je größer die Sache ist, desto mehr ist ihre Form ihr eigen. Man kann einer Schlacht ihre Form nicht zurückerstatten. Einmal geschlagen, wiederholt sie sich nicht. Die Ereignisse haben Seele. Die Ereignisse sind Menschen.

2. Die Seelenwanderung. Die Seele ist unsterblich und, wenn sie einmal erscheint, kommt sie wieder, wenn man sie durch ihre Form hindurch anruft. Wenn also König Sebastian körperlich gestorben ist, so werden wir, wenn wir etwas in uns anzurufen vermögen, was der Form nach den Bestrebungen König Sebastians ähnelt, ihn ipso facto angerufen haben und die Seele tritt in die Form ein, die wir angerufen haben. Wenn ihr daher etwas schafft, dessen Form mit dem Gedanken König Sebastians identisch ist, wird König Sebastian zurückgekehrt sein, aber nicht nur in einem übertragenen Sinne, sondern wirklich und konkret gegenwärtig, wenn auch nicht physisch in Person. Ein Ereignis ist ein Mensch oder ein Geist in unpersönlicher Form.

3. Die Prophezeiung ist eine Vision der Ereignisse in ihrer körperlichen Form. Sie ist das Gegenteil von dem, was zuvor dargelegt worden ist. Eine Schlacht, die stattfindet, erscheint in einer menschlichen Form oder einer anderen, bevor sie stattfindet. Denn sie kann eine menschliche Form besitzen, weil sie sie wirklich besitzt.

4. Die Prophezeiung läßt sich zuweilen (oder immer) auf verschiedene Dinge anwenden. Das entwertet die Prophezeiung nicht. Verschiedene Ereignisse sind nämlich ein einziges Ereignis, d. h. ein einziges Ereignis in verschiedenen Formen. Wenn also eine Prophezeiung unter einer Möglichkeit König Sebastian, König Johann IV. oder König Peter IV. (oder V.), die Republik und weitere Dinge umfaßt, will das nicht besagen, daß die Prophezeiung falsch ist. Es heißt nur, daß die gesamte Prophezeiung ein Ding in verschiedener Gestalt meint und das Wesentliche ausdrückt, das alle diese Formen durchzieht.

5. Mit König Sebastian ist die Größe des Vaterlandes gestorben. Wenn das Vaterland seine Größe zurückgewinnt, so wird ipso facto König Sebastian zurückkehren, nicht nur symbolisch gesprochen, sondern als Wirklichkeit.

Was ist der Sebastianismus im Grunde? Er ist eine religiöse Bewegung, entstanden als Mythos um eine nationale Gestalt.

In einem symbolischen Sinne ist König Sebastian Portugal: Portugal, das seine Größe mit König Sebastian verloren hat und sie nur bei seiner Rückkehr wiedererlangen kann, einer symbolischen Rückkehr – so wie einem schrecklichen göttlichen Ratschluß zufolge sein Leben selber symbolisch gewesen war –, auf die zu vertrauen jedoch nicht absurd ist.

König Sebastian, so sagt die Legende, wird an einem Nebelmorgen auf seinem Schimmel wiederkehren, von der fernen Insel kommend, wo er die Stunde seiner Wiederkehr erwartet hat. Der Nebelmorgen bezeichnet offenkundig eine Renaissance, die durch Elemente des Verfalls verdunkelt wird, durch Reste der Nacht, in denen sich die Nation befunden hat...

Sebastianismus

Der wahre Schutzpatron unseres Landes ist der Schuster Bandarra. Laßt uns Fátima gegen Trancoso eintauschen!

Der schlichte Schuster von Trancoso ist einer der Meister unserer Volksseele, einer der Seinsgründe unserer Unabhängigkeit, eine der Triebkräfte unseres Gefühls.

Bandarra ist die Stimme des portugiesischen Volkes, die über die Desertion von Adel und Klerus, über die Gleichgültigkeit von Vorsichtigen und Unvorsichtigen hinweg die geheiligte Existenz Portugals verkündigt.

Als António Vieira seinen natürlichen Glauben an die höhere Bestimmung des Vaterlandes auf etwas gründen wollte, was fand er da? Die Prophezeiungen des Schusters von Trancoso. Der größte Künstler unseres Landes hat sie geliebt und kommentiert, der Großmeister des Templerordens von Portugal.

Bandarra ist das ewige Symbol dessen, was das Volk von Portugal denkt.

Portugal möge sich seiner selbst bewußt werden. Es weise die fremdländischen Elemente zurück! Es lege Rom und seine Religion beiseite! Es überlasse sich ganz seiner eigenen Seele! In ihr wird es die Tradition der Ritterromane finden, durch die sich nah oder fern die Geheimtradition des Christentums, die Super-Apostolische Nachfolge, die Suche nach dem hl. Gral hindurchzieht. All diese Dinge, die notwendigerweise in

Geheimnisform dargeboten werden, stellen die innere Wahrheit der Seele dar, das Gespräch mit den Symbolen, (...)

Man zitiert gern volkstümliche Vierzeiler, bessere und schlechtere, als Stimme unseres Volkes. Die Stimme des Volkes hat jedoch nie so deutlich gesprochen wie durch die Stimme Bandarras hindurch.

Mit Rom brechen. Mit der monarchischen Idee brechen. Mit der Idee des Vaterlandes brechen als einer jedem anderen Ding auf dieser Welt entgegengesetzten Wesenheit.

Laßt uns mit Rom brechen. Werfen wir dieses Bündel aus Finsternis und Entmutigung hinaus, das seit Jahrhunderten mehr oder minder auf unserer Intelligenz und auf unseren Entscheidungen lastet.

Wir brauchen die sieben Hügel Roms nicht: auch hier in Lissabon haben wir sieben Berge. Erbauen wir auf ihnen unsere Kirche. Hören wir auf, Gott zu importieren, (...) diesen vom katholischen Glauben verunreinigten Nationalismus, diesen von einer fremden Religion angegriffenen Patriotismus.

(...)

Wir wollen keine Fremden. In unserem patriotischen Gefühl darf kein Element existieren, das nicht uns gehört. Treiben wir also das römische Element aus! Wenn es Religion in unserem Patriotismus geben muß, ziehen wir sie aus diesem Patriotismus heraus. Glücklicherweise besitzen wir sie: den Sebastianismus.

Aus: »Über Portugal«

*

Der Sebastianismus ist unverstanden geblieben. Von den einen als Ausdruck eines bloßen Volksaberglaubens aufgefaßt, von anderen als imperialistische Träumerei der Verfallszeit, ist es eine Tatsache, daß man ihn im allgemeinen für ein verächtliches und dunkles Thema gehalten hat. Dunkel ist er mit Sicherheit für diejenigen, die nicht den Leitfaden besitzen, der sie sicher durch das Labyrinth der sebastianistischen Prophezeiungen trägt. Er ist alles andere als verächtlich – vor allem aus dem ganz äußerlichen soziologischen Grunde, daß der Sebastianismus die einzige echt nationale Bewegung ist, die es unter uns gegeben hat. Er besitzt die ganze Kraft einer religiösen Bewegung und die nationale Ausprägung, die allen politischen Bewegungen bei uns abgeht, ob es sich nun um die vom Marquis Pombal betriebene Nachahmung des absolutistischen Frankreich handelt oder um die von unseren »Liberalen« angefertigte servile Kopie des englischen Verfassungswesens oder um die gemeine Unterwürfigkeit vor den Idealen der Französischen Revolution, die für uns ausländisch sind und den unrühmlichen Antipatriotismus unserer Pseudorepublikaner krönen.

Was nun der Sebastianismus im eigentlichen Sinne sei, ist möglicherweise nicht erlaubt zu enthüllen. Er ist heute stärker denn je in der erstaunlichen Geheimgesellschaft, die ihn immer tiefer verborgen von einer Generation an die nächste vermittelt, wobei man strikt das Geheimnis seines hohen portugiesischen Sinnes wahrt, der wenig zu tun hat mit dem König Sebastian, von dem es heißt, daß er in Afrika gestorben sei, und viel mit dem König Sebastian, der die kabbalistische Zahl des portugiesischen Vaterlandes trägt. Doch im Interesse der Leser ist es vielleicht nicht unangebracht zu erklären, welches Datum für die große Wiederkehr vorgesehen ist, bei der sich die Seele des Vaterlandes beleben und die innere Einheit Iberiens von neuem herstellen wird: durch Portugal. Der Katholizismus wird endlich eine Niederlage erleiden als ein weiteres ausländisches Element, das unter uns vorhanden und ein radikaler Feind des Vaterlandes ist, und dann wird das Morgengrauen des Fünften Reiches anbrechen.

(Anm. d. Ü.: Hier folgen ausgedehnte Zahlenspekulationen über verschiedene Möglichkeiten für die Rückkehr König Sebastians, die schließlich auf das Jahr 1924 zulaufen)

*

Ausschnitt aus einem Interview Fernando Pessoas mit António Alves Martins in der »Revista Portuguesa«, Lissabon, 13. 10, 1923.

Interviewer: Wie, glauben Sie, wird die Zukunft des portugiesischen Reiches aussehen?

Antwort: Sie wird das Fünfte Reich bringen. Die Zukunft Portugals, die ich nicht berechne, sondern *kenne*, ist für den, der sie zu entziffern weiß, bereits niedergelegt in den Liedstrophen Bandarras und in den Vierzeilern des Nostradamus. Diese Zukunft besagt, daß wir alles sein werden. Welcher Portugiese kann in der Enge einer einzigen Persönlichkeit, einer einzigen Nation, eines einzigen Glaubens leben? Welcher wahre Portugiese kann zum Beispiel in der sterilen Enge des Katholizismus leben, wenn man außerhalb von ihm alle Protestantismen und alle orientalischen Glaubensbekenntnisse durchleben kann, alle toten und lebendigen Heidenkulte, um sie auf portugiesische Weise zu einem höheren Heidentum zu verschmelzen? Laßt uns nicht dulden, daß uns ein einziger Gott außerhalb unserer selbst fremd bleibt! Saugen wir alle Götter auf! Wir haben bereits das Meer erobert: es bleibt uns noch übrig, den Himmel zu erobern, mag die Erde für die anderen, die ewig anderen, die anderen von Geburt, die Europäer bleiben, die keine Europäer sind, weil sie keine Portugiesen sind. Alles auf jegliche Weise sein, weil die Wahrheit sich nicht zeigen kann, wenn noch irgend etwas fehlt! Schaffen wir so das höhere Heidentum, den höchsten Polytheismus! In der ewigen Lüge aller Götter sind nur alle Götter die Wahrheit.

*

Besitzt Portugal Voraussetzungen, um eine geistige Macht zu werden?

Wir wollen bei unserem Problem die beiden Probleme unterscheiden, aus denen es sich zusammensetzt: 1) Ist es möglich, daß Portugal eine große geistige Macht wird? 2) Wenn das möglich ist, ist es auch wahrscheinlich, daß ihm diese Rolle zufällt? Mit anderen Worten: 1) Besitzt Portugal die Voraussetzungen, um eine große geistige Macht zu werden? Besitzt unser zivilisatorisches Milieu Voraussetzungen, um diese Vorausssetzungen zu realisieren oder an die Oberfläche zu bringen, um dieses Potential in die Wirklichkeit zu überführen?

Die Voraussetzungen, die bloße Fähigkeit angehend, muß man folgendes beachten: 1) Als Portugal zum ersten Mal die Aufmerksamkeit Europas erregte, geschah dies durch ein literarisches Phänomen, nämlich die »Cancioneiros« (Sammlungen von Troubadour-Liedern) und noch ausgeprägter durch die Ritterromane und hier vorzugsweise durch den »Amadis«. Ist das wenig? Für die Epoche war es nicht wenig; und für die Untersuchung, die wir führen, ist es alles. Halten wir also fest, daß das erste zivilisatorische Aufblühen dieses Landes ein kulturelles, d.h. ein geistiges Phänomen gewesen ist; 2) Portugal ist endgültig durch die Entdeckungen in der europäischen Zivilisation aufgetreten, und die Entdekkungen sind ein kultureller Vorgang; mehr noch als ein kultureller Vorgang sind sie ein Akt zivilisatorischer Schöpfung. Wir haben die moderne Welt geschaffen; unsere erste Entdeckung war jedoch die Entdeckung der Idee der Entdeckung; von allen europäischen Ländern (meine Unkenntnis einiger dieser Länder abgezogen) ist Portugal das einzige, in welchem ein höherer Typus von Geistigkeit vom Beginn des 19. Jahrhunderts an bis heute Fortschritte und keine Rückschritte erlebt hat. In allen anderen Ländern sind die höheren Werte degeneriert. A.W. Benn hat in seinem Buch über das moderne England, als er zu Beginn des gegenwärtigen Jahrhunderts dessen heutigen Zustand definieren wollte, das Kapitel, in dem er das versucht, »Geniefinsternis« betitelt. Für ihn ist das typische Phänomen des modernen Englands der Tod des Genies. Er zeigt, wie in dem Maße, in welchem das 19. Jahrhundert fortschreitet und das 20. herankommt, in allen Zweigen des höheren Lebens die repräsentativen und bemerkenswerten Gestalten immer kleinformatiger werden.

Rechtfertigung des portugiesischen Kulturreiches

Um sein heutiges Streben nach einem Kulturreich rechtfertigen zu können, hat Portugal nächst der unterbrochenen Tradition dieses Reiches, d.h. der anfänglichen Entwicklung in diesem Sinne, das Glück, bisher keine große Literatur besessen zu haben, sondern eine spärliche und kleine, so daß auf diesem Gebiet fast alles zu tun bleibt, was es möglich macht, alles zu tun und zwar so, wie es sich gehört.

»Er wird auf der ganzen Welt Frieden herstellen«, sagt Bandarra von König Sebastian. Und Friede auf der ganzen Welt kann nur in einer einstweilen undenkbaren Brüderlichkeit entstehen, die jedoch mit Gewißheit ein gleiches Kommunikationsmittel verlangen wird: eine Sprache.

Was sollte Schlimmes daran sein, wenn wir uns auf diese kulturelle Herrschaft vorbereiten, selbst wenn wir sie nicht erreichen? Wir wollen keinen Tropfen Blut vergießen; und gleichzeitig entziehen wir uns nicht dem menschlichen Verlangen nach Herrschaft. Wir verfallen nicht in die Unfruchtbarkeit des humanitären Universalismus, aber auch nicht in die Brutalität des außerkulturellen Nationalismus. Wir wollen eine Sprache durchsetzen, nicht einen Machtanspruch; wir stehen keiner Rasse und keiner Hautfarbe feindselig gegenüber, wie wir das auch ganz allgemein nicht getan haben; denn wir mögen zuweilen Barbaren gewesen sein wie alle erobernden Imperialisten, aber wir waren das nicht mehr und nicht minder als andere, und es kann uns auch nicht als Fehler angelastet werden, daß wir etwa Menschen anderer Hautfarbe von unserem Hause und unserem Tisch ferngehalten hätten. So bereitet uns unsere Wesensart für jene universale Brüderlichkeit vor, auf welche die Theosophie abzielt und die seit so langer Zeit der Kern der Gesellschaftsdoktrin der Rosenkreutzer ist.

Wenn wir scheitern sollten, haben wir doch immerhin etwas erreicht: die Vervollkommnung der Sprache. Im schlimmsten Falle schreiben wir immerhin besser. Wir dienen unmittelbar der allgemeinen Kultur und der Zivilisation: Auch wenn wir nicht mehr geleistet hätten, brauchten wir uns dessen nicht zu schämen.

Ist das ein Imperialismus von Grammatikern? Der Imperialismus der Grammatiker dauert länger an und reicht tiefer als derjenige der Generäle. Ist das ein Imperialismus von Dichtern? Sei's drum. Dieser Satz ist nur lächerlich für jemanden, der den alten lächerlichen Imperialismus in Schutz nimmt. Der Imperialismus der Dichter dauert fort und herrscht weiter; derjenige der Politiker geht vorbei und wird vergessen, wenn ihn nicht der Dichter in Erinnerung bringt, der sie besingt. Wir sagen: Cromwell *hat* dies und das *getan*, aber Milton *sagt*. Und in den fernen Zeiten, in denen es kein England mehr geben wird (denn auch England hat nicht die Eigenschaft, ewig zu sein), wird man sich nur an Cromwell erinnern, weil Milton auf ihn in einem Sonett angespielt hat. Mit Englands Ende wird auch enden, was man als Cromwells Werk ansehen kann, oder vielmehr das Werk, an dem er mitgearbeitet hat. Aber die Dichtung Miltons wird erst zu Ende gehen, wenn der Mensch auf Erden ans Ende gelangt ist oder die ganze Zivilisation, und selbst dann weiß man nicht, ob sie wirklich enden wird.[1]

[1] Die Texte über Sebastianismus sind aus Bd. III der vorgenannten Werkausgabe zusammengestellt worden.

Englische Gedichte

35 Sonnets

(1918)

35 Sonette

I

Whether we write or speak or do but look
We are ever unapparent. What we are
Cannot be transfused into word or book.
Our soul from us is infinitely far.
However much we give our thoughts the will
To be our soul and gesture it abroad,
Our hearts are incommunicable still.
In what we show ourselves we are ignored.
The abyss from soul to soul cannot be bridged
By any skill of thought or trick of seeming.
Unto our very selves we are abridged
When we would utter to our thought our being.
    We are our dreams of ourselves souls by gleams,
    And each to each other dreams of others' dreams.

II

If that apparent part of life's delight
Our tingled flesh-sense circumscribes were seen
By aught save reflex and co-carnal sight,
Joy, flesh and life might prove but a gross screen.
Haply Truth's body is no eyable being,
Appearance even as appearance lies,
Haply our close, dark, vague, warm sense of seeing
Is the choked vision of blindfolded eyes.
Wherefrom what comes to thought's sense of life? Nought.
All is either the irrational world we see
Or some aught-else shose being-unknown doth rot
Its use for our thought's use. Whence taketh me
    A qualm-like ache of life, a body-deep
    Soul-hate of what we seek and what we weep.

I

Ob wir nun schreiben, reden oder sehen,
wir bleiben aus, und unser Wesenskern,
er kann in Wort und Buch nicht übergehen.
Unsere Seele bleibt uns endlos fern.
So sehr wir unsere Gedanken zwingen,
unsere Seele andern zu enthüllen,
das Herz vermögen wir nicht aufzudringen.
Und man verkennt uns gegen unsern Willen.
Über den Abgrund zwischen uns baut keine
Brücke Gedankenlist, auch nicht zum Scheine.
Ganz auf uns selber bleiben wir beschränkt,
wenn's uns, uns selbst ins Wort zu fassen, drängt.
Wir sind der eignen Seele Traumgeflimmer,
jeder ein Traum aus andrer Träume Schimmer.

II

Würde, was sichtbar ist an Lust auf Erden,
– im Fleisch gespürt mit brennendem Erbeben, –
nur aus des Leibes Sicht betrachtet werden,
welch grobe Schleier: Freude, Fleisch und Leben!
Vielleicht ist Wahrheit kein erschaubar Wesen,
und die Erscheinung lügt noch im Erscheinen,
vielleicht ist unser dunkles Sehen nichts gewesen
als der verbundnen Augen vages Meinen.
Woher des Denkens Lebenssinn? Aus nichts.
Das, was wir sehen, bleibt uns unverständlich
oder ein Trugbild unseres Augenlichts,
unnütz für unser Denken. Daher endlich
mein Lebensekel: Tief in den Gebeinen
gilt Haß dem, was wir suchen und beweinen.

III

When I do think my meanest line shall be
More in Time's use than my creating whole,
That future eyes more clearly shall feel me
In this inked page than in my direct soul;
When I conjecture put to make me seeing
Good readers of me in some aftertime,
Thankful to some idea of my being
That doth not even my with gone true soul rime;
An anger at the essence of the world,
That makes this thus, or thinkable this-wise,
Takes my soul by the throat and makes is hurled
In nightly horrors of despaired surmise,
        And become the mere sense of a rage
        That lacks the very words whose waste might'suage.

IV

I could not think of thee as piecèd rot,
Yet such thou wert, for thou hadst been long dead;
Yet thou liv'dst entire in my seeing thought
And what thou wert in me had never fled.
Nay, I had fixed the moments of thy beauty –
Thy ebbing smile, thy kiss's readiness,
And memory had taught my heart the duty
To know thee ever at that deathlessness.
But when I came where thou wert laid, and saw
The natural flowers ignoring thee sans blame,
And the encroaching grass, with casual flaw,
Framing the stone to age where was thy name,
        I knew not how to feel, nor what to be
        Towards thy fate's material secrecy.

III

Denk' ich daran, daß mein geringster Vers
länger die Zeit besteh'n wird als sein Schöpfer,
daß künftige Augen klarer mich erfühlen
in diesen Zeilen als in meiner Seele;
erblick' ich ahnungsvoll in ferner Zukunft
verständige Leser meiner Verse vor mir,
dankbar für einen Ausdruck meines Wesens,
der nicht zu meiner wahren Seele stimmt;
dann grolle ich dem Wesen dieser Welt,
das dies bewirkt oder so scheinen läßt,
Zorn packt die Seele bei der Kehle, stürzt sie
in der Verzweiflung nächtige Schreckensbilder,
    macht sie zum Schauplatz einer Raserei,
    der jedes Trostwort leer und einerlei.

IV

Ich kann dich mir nicht denken als zerfallen,
und dennoch bist du's, da du längst verstorben;
und standest doch so lebhaft mir vor Augen,
und was du warst, ging in mir nie verloren.
Tief war mir deine Schönheit eingeprägt –
dein flüchtiges Lächeln, kußbereiter Mund,
aus der Erinn'rung wuchs des Herzens Pflicht,
in Todeslosigkeit dich zu bewahren.
Doch als ich an dein Grab trat und dort sah,
wie Blumen sprossen, ohne dich zu kennen,
und Gräser wucherten im Zufallswachstum,
den Stein, worauf dein Name stand, umschließend,
    da wußt' ich nicht, wie fühlen und wie sein,
    wo mir dein Stoff verborgen unter Stein.

V

How can I think, or edge my thoughts to action,
When the miserly press of each day's need
Aches to a narrowness of spilled distraction
My soul appalled at the world's work's time-greed?
How can I pause my thoughts upon the task
My soul was born to think that it must do
When every moment has a thought to ask
To fit the immediate craving of its cue?
The coin I'd heap for marrying my Muse
And build our home i'th' greater Time-to-be
Becomes dissolved by needs of each day's use
And I feel beggared of infinity,
    Like a true-Christian sinner, each day flesh-driven
    By his own act to forfeit his wished heaven.

VI

As a bad orator, badly o'er-book-skilled,
Doth overflow his purpose with made heat,
And, like a clock, winds with withoutness willed
What should have been an inner instinct's feat;
Or as a prose-wit, harshly poet turned,
Lacking the subtler music in his measure,
With useless care labours but to be spurned,
Courting in alien speech the Muse's pleasure;
I study how to love or how to hate,
Estranged by consciousness from sentiment,
With a thought feeling forced to be sedate
Even when the feeling's nature is violent;
    As who would learn to swim without the river,
    When nearest to the trick, as far as ever.

V

Wie kann ich aus Gedanken Taten formen,
wenn die gemeine Last der Tagesfron
mein ob der Zeitnot jedes irdischen Werkes
entsetztes Wesen in die Enge treibt?
Wie kann ich alle Kraft dem Auftrag widmen,
zu dem die Seele sich berufen glaubte,
wenn jeder Augenblick die Frage stellt,
wie meine Antwort auf sein Stichwort lautet?
Die Mitgift für die Heirat mit der Muse
und unsere Heimstatt in der größeren Zukunft
wird von der Tagesdrangsal aufgezehrt,
ich steh' vor der Unendlichkeit als Bettler,
so wie ein sündiger Christ, vom Fleisch verführt,
durch eigne Schuld das Himmelreich verliert.

VI

Wie ein im Übermaß gelehrter Redner
mit falschem Eifer seinen Zweck verfolgt
und, wie die Uhr von außen aufgezogen,
des inn'ren Antriebs Puls vermissen läßt,
oder der Prosaist, als Dichter grob,
dem feinere Musik im Versmaß abgeht,
vergebens bosselt und doch Schmähung erntet,
in fremder Sprache um die Muse buhlt,
so grübl' ich, wie ich liebe, wie ich hasse,
durch das Bewußtsein dem Gefühl entfremdet,
mit dem erdachten Fühlen zwangsberuhigt,
selbst wenn das Fühlen voller Heftigkeit –
wie jemand ohne Fluß das Schwimmen lernt,
der Kunst sich nähernd stets von ihr entfernt.

VII

Thy words are torture to me, that scarce grieve thee –
That entire death shall null my entire thought;
And I feel torture, not that I believe thee,
But that I cannot disbelieve thee not.
Shall that of me that now contains the stars
Be by the very contained stars survived?
Thus were Fate all unjust. Yet what truth bars
An all unjust Fate's truth from being believed?
Conjecture cannot fit to the seen world
A garment of its thought untorn or covering,
Or with its stuffed garb forge an otherworld
Without itself its dead deceit discovering;
So, all being possible, an idle thought may
Less idle thoughts, self-known no truer, dismay.

VIII

How many masks wear we, and undermasks,
Upon our countenance of soul, and when,
If for self-sport the soul itself unmasks,
Knows it the last mask off and the face plain?
The true mask feels no inside to the mask
But looks out of the mask by co-masked eyes.
Whatever consciousness begins the task
The task's accepted use to sleepness ties.
Like a child frighted by its mirrored faces,
Our souls, that children are, being thought-losing,
Foist otherness upon their seen grimaces
And get a whole world on their forgot causing;
And, when a thought would unmask our soul's masking,
Itself goes not unmasked to the unmasking.

VII

Dein Wort wird mir zur Qual, dich ficht's nicht an –
daß ganzer Tod mein ganzes Denken auslöscht;
ich leide Qualen, nicht weil ich dir glaubte,
weil ich dir Glauben nicht verweigern kann.
Soll das in mir, was Sterne in sich einschließt,
von diesen Sternen überdauert werden?
Welch ungerechtes Schicksal! Doch was hindert,
daß ungerechte Wahrheit glaubhaft scheint?
Vermutung kann der angeschauten Welt
kein passendes Gedankenkleid anziehen
noch auch aus Flicken andre Welten schaffen,
ohne die eigne Täuschung aufzudecken;
so hat ein müßiger Gedanke leicht
weniger müß'ge aus dem Feld verscheucht.

VIII

Wie viele Masken auf dem Seelenantlitz
und Untermasken tragen wir, und wenn
die Seele probeweis' die Maske absetzt,
weiß sie, wann es die letzte Maske ist?
Die wahre Maske fühlt nicht in der Maske,
sie schaut aus ihr heraus mit Maskenaugen.
Das hellbewußt begonnene Tagewerk,
es mündet, fortgeführt, in Schläfrigkeit.
Wie ein vom Spiegelbild erschrecktes Kind
staunen die Seelen, selbstvergessne Kinder,
ihre Grimassen wie die Fremder an,
und eine Welt erwächst aus dem Vergessen.
Wollen wir denkend an den Masken rühren,
gehn wir nicht maskenlos ans Demaskieren.

IX

Oh to be idle loving idleness!
But I am idle all in hate of me;
Ever in action's dream, in the false stress
Of purposed action never act to be.
Like a fierce beast self-penned in a bait-lair,
My will to act binds with excess my action,
Not-acting coils the thought with raged despair,
And acting rage doth paint despair distraction.
Like someone sinking in a treacherous sand,
Each gesture to deliver sinks the more;
The struggle avails not, and to raise no hand,
Thought but more slowly useless, we've no power.
        Hence live I the dead life each day doth bring,
        Repurposed for next day's repurposing.

X

As to a child, I talked my heart asleep
With empty promise of the coming day,
And it slept rather for my words made sleep
Than from a thought of what their sense did say.
For did it care for sense, would it not wake
And question closer to the morrow's pleasure?
Would it not edge nearer my words, to take
The promise in the meting of its measure?
So, if is slept, 'twas that it cared but for
The present sleepy use of promised joy,
Thanking the fruit but for the forecome flower
Which the less active senses best enjoy.
        Thus with deceit do I detain the heart
        Of which deceit's self knows itself a part.

IX

O vielgeliebter müßiger Müßiggang!
Doch geh' ich voller Selbsthaß müßig, immer
von Taten träumend, unter falschem Druck
eines geplanten, nie vermochten Handelns.
Wie ein selbsteingesperrtes wildes Tier
bindet mein Tatendrang zu sehr mein Handeln;
Nicht-Handeln treibt mein Denken zur Verzweiflung,
und Tatenwut entpuppt sich als Zerstreutheit.
Wie jemand im verräterischen Sand sinkt,
freikommen will und immer tiefer einsinkt;
nichts nützt der Kampf, und keine Hand zu rühren,
langsamer nutzlos, sind wir außerstande.
So leb' ich in den Tag mein totes Leben,
neuplanend, was zu planen mir gegeben.

X

Als wär's ein Kind, sprach ich mein Herz in Schlaf
mit leerer Hoffnung auf den nächsten Tag,
und es schlief eher eingelullt von Worten
als im Gedanken an der Worte Sinn.
Wär' es um Sinn besorgt, würd' es nicht wachsam
die Lust des morgigen Tages überdenken?
Würd' es nicht meine Worte näher prüfen,
die Hoffnung auf gerechtes Maß einschränken?
Schläft es, geschieht dies, weil ihm nur gelegen
am schläfrigen Gebrauch verheißner Freude,
es schätzt die Frucht nur ob der früheren Blüte,
die unsre stilleren Sinne allem vorziehn.
So mit Betrug halt' ich mein Herz in Schranken,
das des Betruges Partner in Gedanken.

XI

Like to a ship that storms urge on its course,
By its own trials our soul is surer made.
The very things that make the voyage worse
Do make it better; its peril is its aid.
And, as the storm drives from the storm, our heart
Within the peril disimperilled grows;
A port is near the more from port we part –
The port whereto our driven direction goes.
If we reap knowledge to cross-profit, this
From storms we learn, when the storm's height doth drive –
That the black presence of its violence is
The pushing promise of near far blue skies.
    Learn we but how to have the pilot-skill,
    An the storm's very might shall mate our will.

XII

As the lone, frighted user of a night-road
Suddenly turns round, nothing to detect,
Yet on his fear's sense keepeth still the load
Of that brink-nothing he doth but suspect;
And the cold terror moves to him more near
Of something that from nothing casts a spell,
That, when he moves, to fright more is not there,
And's only visible when invisible:
So I upon the world turn round in thought,
And nothing viewing do no courage take,
But my more terror, from no seen cause got,
To that felt corporate emptiness forsake,
    And draw my sense of mystery's horror from
    Seeing no mystery's mystery alone.

XI

Gleichwie ein Schiff, das Sturm zur Fahrt anspornt,
wird unser Ich durch Selbsterprobung stärker.
Die Dinge selbst, die uns're Fahrt behindern,
fördern es; die Gefahr kommt ihm zu Hilfe.
Und wie der Sturm das Schiff vom Sturme forttreibt,
entwächst das Herz im Sturme der Gefahr;
ein Port ist nah, je weiter wir vom Port sind –
der Hafen, auf den zu das Schiff den Kurs hält.
Wenn wir Erkenntnis ernten wollen, lernen
wird dies von Stürmen, wenn der Sturm uns treibt:
daß seine schwarze, heftige Gegenwart
das zwingende Versprechen heiteren Himmels.
Machen wir uns des Lotsen Kunst zu eigen,
dann wird auch Sturm sich unserm Willen beugen.

XII

Wie der Nachtwand'rer einsam und erschrocken
sich plötzlich umkehrt, aber nichts entdeckt
und dennoch im Gemüt furchtsam die Last schleppt
der Nichtigkeit, die er nur ahnend wahrnimmt;
kaltes Entsetzen näher an ihn andrängt
vor etwas, was ihn aus dem Nichts verhext,
und wenn er sich bewegt, doch nicht vorhanden
und nur als Unsichtbares sichtbar wird:
so kreist mein Denken um die Welt, und weil
ich nichts durchschauen kann, so werd' ich mutlos,
die ohne klaren Grund gemehrte Furcht
vertrau' ich der gespürten Leere an;
ich seh' nicht, was am Rätsel rätselhaft,
und das vermehrt des Rätsels Schreckenskraft.

XIII

When I should be asleep to mine own voice
In telling thee how much thy love's my dream,
I find me listening to myself, the noise
Of my words othered in my hearing them.
Yet wonder not: this is the poet's soul.
I could not tell thee well of how I love,
Loved I not less by knowing it, were all
My self my love and no thought love to prove.
What consciousness makes more by consciousness,
It makes less, for it makes it less itself.
My sense of love could not my love rich-dress
Did it not for it spend love's own love-pelf.
Poet's love's this (as in these words I prove thee):
I love my love for thee more than I love thee.

XIV

We are born at sunset and we die ere morn,
And the whole darkness of the world we know,
How can we guess its truth, to darkness born,
The obscure consequence of absent glow?
Only the stars to teach us light. We grasp
Their scattered smallnesses with thoughts that stray,
And, though their eyes look through night's complete mask,
Yet they speak not the features of the day.
Why should these small denials of the whole
More than the black whole the pleased eyes attract?
Why what it calls »worth« does the captive soul
Add to the small and from the large detract?
So, out of light's love wishing it night's stretch,
A nightly thought of day we darkly reach.

XIII

Sollt' ich auch für die eigne Stimme taub sein,
wenn meinen Traum sie deine Liebe nennt,
ich hör' mir gleichwohl zu, und meiner Worte
Geräusch klingt fremd, weil ich sie selber höre.
Wund're dich nicht: dies ist des Dichters Seele.
Ich könnte dir nicht sagen, wie ich liebe,
ich liebte weniger, weil's mir bewußt,
sonst wäre ich ganz Liebe ohne Denken.
Was das Bewußtsein durch Bewußtsein steigert,
vermindert es und mindert seinen Selbstwert.
Die Liebe könnt' mein Liebessinn nicht schmücken,
bezahlt' er nicht mit eigenem Liebesmammon.
　　An diesem Wort erkenne Dichterliebe:
　　Noch mehr als dich lieb' ich die eigne Liebe.

XIV

Gebor'n am Abend, sterben wir noch nachts
und kennen alle Finsternis der Welt.
Wie könnten wir auch ihre Wahrheit ahnen,
sind wir doch Kinder ihrer Dunkelheit!
Einzig die Sterne lehr'n uns Licht. Wir schweifen
um ihre Winzigkeit mit den Gedanken,
und wenn sie auch durch die Nachtmaske lugen,
sie zeigen uns doch nicht des Tages Glanz.
Wie könnten diese kleinen Ganzheitsleugner
mehr als das schwarze All die Augen anzieh'n?
Warum mißt die gefangene Seele »Wert«
dem Kleinen bei, verweigert ihn dem Großen?
　　Nachtdauer möchten wir dem Lichte schenken,
　　doch können wir den Tag nur nächtlich denken.

XV

Like a bad suitor desperate and trembling
From the mixed sense of being not loved and loving,
Who with feared longing half would know, dissembling
With what he'd wish proved what he fears soon proving,
I look with inner eyes afraid to look,
Yet perplexed into looking, at the worth
This verse may have and wonder, of my book,
To what thoughts shall't in alien hearts give birth.
But, as he who doth love, and, loving, hopes,
Yet, hoping, fears, fears to put proof to proof,
And in his mind for possible proofs gropes,
Delaying the true proof, lest the real thing scoff,
    I daily live, i'th' fame I dream to see,
    But by my thought of others' thought of me.

XVI

We never joy enjoy to that full point
Regret doth wish joy had enjoyèd been,
Nor have the strength regret to disappoint
Recalling not past joy's thought, but its mien.
Yet joy was joy when it enjoyèd was
And after-enjoyed when as joy recalled,
It must have been joy ere its joy did pass
And, recalled, joy still, since its being-past galled.
Alas! All this is useless, for joy's in
Enjoying, not in thinking of enjoying.
Its mere thought-mirroring gainst itself doth sin,
By mere reflecting solid life destroying.
    Yet the more thought we take to thought to prove
    It must not think, doth further from joy move.

XV

Wie ein Verliebter zittert vor Verzweiflung,
ob seine Liebe wohl erwidert wird,
in seiner Angst sich zu verstellen trachtet:
das, was er wünscht, dem, was er fürchtet, vorzieht,
so hält mein innres Auge angstvoll Ausschau
und fragt gebannt nach dieser Verse Wert,
und wüßte nur zu gern, was für Gedanken
mein Buch in fremden Herzen wecken mag.
Doch wie der Liebende, der liebend hofft,
doch hoffend fürchtet und Beweise scheut,
im Geiste freilich nach Beweisen sucht,
die wahre Probe aber vor sich hinschiebt,
so leb ich vom erhofften Ruhmessegen
und denk', was andre von mir denken mögen.

XVI

Uns freut die Freude nie in solcher Fülle,
daß wir bedauernd diese Freude missen,
selbst wenn wir statt Gedanken an die Freude
ihr Vollgefühl uns in Erinnrung rufen.
Und doch war Freude Freude, als sie freute,
und wurde, noch erinnert, nachgenossen,
ja, Freude war sie, eh' die Freude schwand,
erinnert Freude noch wenngleich vergangen.
Doch ach! all dies ist nutzlos, Freude liegt
im Freuen, nicht im Denken an die Freude.
Denken allein schon sündigt gegen sie,
zerstört durch Reflexion das kräftige Leben.
Und wenn wir uns an nichts zu denken zwingen,
wird Freuen uns noch weniger gelingen.

XVII

My love, and not I, is the egoist.
My love for thee loves itself more than thee;
Ay, more than me, in whom it doth exist,
And makes me live that it may feed on me.
In the country of bridges the bridge is
More real than the shores it doth unsever;
So in our world, all of Relation, this
Is true – that truer is Love than either lover.
This thought therefore comes lightly to Doubt's door –
If we, seeing substance of this world, are not
Mere Intervals, God's Absence and no more,
Hollows in real Consciousness and Thought.
    And if 'tis possible to Thought to bear this fruit,
    Why should it not be possible to Truth?

XVIII

Indefinite space, which by co-substance night,
In one black mystery two void mysteries blends;
The stray stars, whose innumerable light
Repeats one mystery till conjecture ends;
The stream of time, known by birth-bursting bubbles;
The gulf of silence, empty even of nought;
Thought's high-walled maze, which the outed owner troubles
Because the string's lost and the plan forgot:
When I think on this and that here I stand,
The thinker of these thoughts, emptily wise,
Holding up to my thinking my thing-hand
And looking at it with thought-alien eyes,
    The prayer of my wonder looketh past
    The universal darkness lone and vast.

XVII

Mein Lieben selbst, nicht ich, ist eigennützig.
Daß ich dich liebe, lieb' ich mehr als dich;
ach, mehr als mich, in dem die Liebe tätig,
sie läßt mich leben, daß sie von mir lebe.
In einem Land der Brücken ist die Brücke
wirklicher als von ihr verbundene Ufer;
für unsere allverbundene Welt gilt dies:
wahrer als beide Liebende ist Liebe.
Und vor des Zweifels Tür tritt der Gedanke:
Ob wir, die sehende Substanz der Welt,
nicht gottesferne Zwischenräume sind,
Höhlungen tief im wirklichen Bewußtsein.
        Vermag das Denken diese Frucht zu bringen,
        weshalb sollt' es der Wahrheit nicht gelingen?

XVIII

Unendlicher Raum, mit wesensgleicher Nacht
schließt du zwei Rätsel ins Geheimnis ein;
schweifende Sterne mit unzähl'gen Lichtern,
die ihr nur e i n Geheimnis wiederholt;
Zeitstrom, der du Geburtenblasen aufwirfst;
und Schlund des Schweigens, leerer als das Nichts;
und hochumwalltes Labyrinth des Denkens,
in dem wir ohne Plan und Faden irren:
Denk ich an euch, daran, daß ich hier stehe,
diese Gedanken hege, nutzlos weise,
hoch in mein Denken dieses Ding, die Hand,
erhebe und mit leerem Blick anschaue,
        so blickt mein Beten auf die Einsamkeit
        der allgemeinen, weiten Dunkelheit.

XIX

Beauty and love let no one separate,
Whom exact Nature did to each other fit,
Giving to Beauty love as finishing fate
And to Love beauty as true colour of it.
Let he but friend be who the soul finds fair,
But let none love outside the body's thought,
So the seen couple's togetherness shall bear
Truth to the beauty each in the other sought.
I could but love thee out of mockery
Of love and thee and mine own ugliness;
Therefore thy beauty I sing and wish not thee,
Thanking the Gods I long not out of place,
        Lest, like a slave that for kings' robes doth long,
        Obtained, shall with mere wearing do them wrong.

XX

When in the widening circle of rebirth
To a new flesh my travelled soul shall come,
And try again the unremembered earth
With the old sadness for the immortal home,
Shall I revisit these same differing fields
And cull the old new flowers with the same sense,
That some small breath of foiled remembrance yields,
Of more age than my days in this pretence?
Shall I again regret strange faces lost
Of which the present memory is forgot
And but in unseen bulks of vagueness tossed
Out of the closed sea and black night of Thought?
        Were thy face one, what sweetness will't not be,
        Though by blind feeling, to remember thee!

XIX

Schönheit und Liebe darf man niemals trennen,
denn die Natur erschuf sie füreinander,
sie sprach der Schönheit Liebe zu als Schicksal
und hüllt' die Liebe in der Schönheit Farbe.
Sei der ein Freund, den nur die Seele lockt,
doch niemand liebe, der den Leib nicht mitdenkt,
so wird des Paares Einheit die beim andern
gesuchte Schönheit stets als wahr befinden.
Wenn ich dich liebte, spottete ich dein
gleichwie der Lieb' und meiner Häßlichkeit;
ohne Begierde preis' ich deine Schönheit,
den Göttern dankbar, die mein Sehnen zügeln,
    daß ich der Knecht im Königskleid nicht scheine,
    das seinen Wert verliert, wenn es das seine.

XX

Wenn in den Kreis der ewigen Wiederkehr die
erprobte Seele – neugestaltet – eintritt,
erinnerungslos die Erde neu versucht,
wie immer um die ewige Heimat trauernd,
werd' ich die gleichen mannigfaltigen Felder
seh'n und die alten neuen Blumen pflücken,
an die mein Sinn sich ganz entfernt erinnert
aus älteren Zeiten als der Gegenwart?
Soll ich erneut verlorene Gesichter
beklagen, die mir jetzt entfallen sind
und deren unmerkbarer Umriß auftaucht
aus des Gedankens Meer und schwarzer Nacht?
    Wäre dein Antlitz eins nur, wär' es Lust,
    dich zu erinnern, die mir blind bewußt.

XXI

Thought was born blind, but Thought knows what is seeing.
Its careful touch, deciphering forms from shapes,
Still suggests form as aught whose proper being
Mere finding touch with erring darkness drapes.
Yet whence, except from guessed sight, does touch teach
That touch is but a close and empty sense?
How does mere touch, self-uncontented, reach
For some truer sense's whole intelligence?
The thing once touched, if touch be now omitted,
Stands yet in memory real and outward known,
So the untouching memory of touch is fitted
With sense of a sense whereby far things are shown.
        So, by touch of untouching, wrongly aright,
        Touch' thought of seeing sees not things but Sight.

XXII

My soul is a stiff pageant, man by man,
Of some Egyptian art than Egypt older,
Found in some tomb whose rite no guess can scan,
Where all things else to coloured dust did moulder.
Whate'er its sense may mean, its age is twin
To that of priesthoods whose feet stood near God,
When knowledge was so great that 'twas a sin
And man's mere soul too man for its abode.
But when I ask what means that pageant I
And would look at it suddenly, I lose
The sense I had of seeing it, nor can try
Again to look, nor hath my memory a use
        That seems recalling, save that it recalls
        An emptiness of having seen those walls.

XXI

Das blindgeborene Denken weiß vom Sehen.
Sorgsam ertastet's aus Konturen Formen,
läßt Form versteh'n als etwas, dessen Wesen
in irrige Dunkelheit der Tastsinn kleidet.
Doch woher, wenn vom Seh'n nicht, weiß der Tastsinn,
daß Tasten ein verschloss'ner, leerer Sinn?
Wie soll der Tastsinn, selber unbefriedigt,
wahrere Sinne ganz verstehen können?
Ein Ding, berührt, bleibt, hört Berührung auf,
bekannt und äußerlich in der Erinn'rung,
so ist das Tastgedächtnis ausgestattet
mit Sinn von einem Sinn für ferne Dinge.
Der Tastsinn spürt sich in die Irre gehen
und sieht daher nicht Dinge, sondern Sehen.

XXII

Ein Festzug meine Seele, Mann für Mann,
starr und noch älter als Ägyptens Kunst,
im Grabmal schaut uns fremder Ritus an,
des Grabes Rest ist bunter, staubiger Dunst.
Was auch sein Sinn sei, er ist altersgleich
den Priestern, die dereinst Gott nahestanden;
als Sünder galt da, wer erkenntnisreich,
die Seelenkräfte keine Bleibe fanden.
Doch wenn ich frage, was der Festzug meint
und plötzlich ihn betrachte, so verschwindet
der Sinn, der ihn doch wahrzunehmen scheint,
umsonst sich das Gedächtnis unterwindet,
ihn mir zurückzurufen, nur der Blick,
der graberinnernde, kehrt leer zurück.

XXIII

Even as upon a low and cloud-domed day,
When clouds are one cloud till the horizon,
Our thinking senses deem the sun away
And say »'tis sunless« and »there is no sun«;
And yet the very day they wrong truth by
Is of the unseen sun's effluent essence,
The very words do give themselves the lie,
The very thought of absense comes from presence:
Even so deem we through Good of what is evil.
He speaks of light that speaks of absent light,
And absent god, becoming present devil,
Is still the absent god by essence' right.
    The withdrawn cause by being withdrawn doth get
    (Being thereby cause still) the denied effect.

XXIV

Something in me was born before the stars
And saw the sun begin from far away.
Our yellow, local day on its wont jars,
For it hath communed with an absolute day.
Through my Thought's night, as a worn robe's heard trail
That I have never seen, I drag this past
That saw the Possible like a dawn grow pale
On the lost night before it, mute and vast.
It dates remoter than God's birth can reach,
That had no birth but the world's coming after.
So the world's to me as, after whispered speech,
The cause-ignored sudden echoing of laughter.
    That't has a meaning my conjecture knows,
    But that't has meaning's all its meaning shows.

XXIII

Gleichwie an einem dunklen Wolkentag,
wenn eine Wolke bis zum Horizont sich streckt,
die Sonne unser Sinn verschwunden meint
und spricht: »Seht, weit und breit scheint keine Sonne!«,
und gleichwohl ist der Tag, den er verleugnet,
der unsichtbaren Sonne Wesensausgang,
und unsre Worte strafen selbst sich Lügen,
denn das Verschwundene ist Gegenwart:
So kennen wir das Gute dank dem Bösen.
Der spricht von Licht, der von entferntem Licht spricht,
und ferner Gott, als Teufel gegenwärtig,
bleibt seinem Wesen nach doch ferner Gott.
    Entzogner Urgrund bleibt als Grund bestehen
    und läßt verneinte Wirkung dennoch sehen.

XXIV

Etwas in mir ist älter als die Sterne
und sah der Sonne Lauf fernher beginnen.
Trüb kreischt auf seinen Schienen unser Tag,
verständigt mit dem Urbild dieses Tages.
Durch meines Denkens Nacht, wie abgetrag'ne
Lumpen, doch unsichtbar, schlepp' ich dies Erbe,
das wie der Morgen fahl das Mögliche
über der stummen Nacht weit aufgeh'n sah.
In Fernen reicht es, ehe Gott geboren,
für den Geburt die Weltentstehung ist.
So ist die Welt für mich nach Flüsterreden
ein grundlos jäh verhallendes Gelächter.
    Daß Sinn ihr innewohnt, mein' ich zu wissen,
    doch welcher Sinn das sei, muss ich vermissen.

XXV

We are in Fate and Fate's and do but lack
Outness from soul to know ourselves its dwelling,
And do but compel Fate aside or back
By Fate's own immanence in the compelling.
We are too far in us from outward truth
To know how much we are not what we are,
And live but in the heat of error's youth,
Yet young enough its acting youth to ignore.
The doubleness of mind fails us, to glance
At our exterior presence amid things,
Sizing from otherness our countenance
And seeing our puppet will's act-acting strings.
An unknown language speaks in us, which we
Are at the words of, fronted from reality.

XXVI

The world is woven all of dream and error
And but one sureness in our truth may lie –
That when we hold to aught our thinking's mirror
We know it not by knowing it thereby.
For but one side of things the mirror knows,
And knows it colded from its solidness.
A double lie its truth is; what is shows
By true show's false and nowhere by true place.
Thought clouds our life's day-sense with strangeness, yet
Never from strangeness more than that it's strange
Doth buy our perplexed thinking, for we get
But the words' sense from words – knowledge, truth, change.
We know the world is false, not what is true.
Yet we think on, knowing we ne'er shall know.

XXV

Sklaven des Schicksals sind wir, und es fehlt uns
Abstand zur Seele, um ihr Heim zu kennen,
das Schicksal zwingen wir nur von uns fort
durch den erzwingenden Eigenzwang des Schicksals.
Wir sind zu fern in uns von äuß'rer Wahrheit,
wissen nicht, daß wir nicht sind, was wir sind,
und leben in der Hitze jungen Irrtums,
grad jung genug, sein Wirken zu verkennen.
Uns fehlt die Doppelheit des Geistes, uns're
Gegenwart unter Dingen wahrzunehmen,
von außen unser Mienenspiel zu sehen,
den Draht, an welchem unsre Puppe tanzt.
        Aus uns spricht eine Sprache, nie erlernt,
        und hält uns von der Wirklichkeit entfernt.

XXVI

Gewoben ist die Welt aus Traum und Irrtum,
nur eine Sicherheit ist uns vergönnt –
daß, wenn wir uns des Denkens Spiegel nähern,
wir das geschaute Etwas nicht erkennen.
Einseitig sieht der Spiegel nur die Dinge,
kennt sie vereist in ihrer Festigkeit.
Doppelt betrügt er uns; denn was er zeigt
als wahr, ist falsch, sein wahrer Ort ist nirgends.
Unseren Lebenssinn umwölkt das Denken
mit Fremdheit, und Befremdliches erkauft nur
unser bestürztes Denken, wir erhalten
nur leere Hülsen – Wissen, Wahrheit, Wandlung.
        Wir wissen falsch die Welt, doch nicht, was wahr.
        Wir wissen, daß wir allen Wissens bar.

XXVII

How yesterday is long ago! The past
Is a fixed infinite distance from to-day,
And bygone things, the first-lived as the last,
In irreparable sameness far away.
How the to-be is infinitely ever
Out of the place wherein it will be Now,
Like the seen wave yet far up in the river,
Which reaches not us, but the new-waved flow!
This thing Time is, whose being is having none,
The equable tyrant of our different fates,
Who could not be bought off by a shattered sun
Or tricked by new use of our careful dates.
        This thing Time is, that to the grave will bear
        My heart, sure but of it and of my fear.

XXVIII

The edge of the green wave whitely doth hiss
Upon the wetted sand. I look, yet dream.
Surely reality cannot be this!
Somehow, somewhere this surely doth but seem!
The sky, the sea, this great extent disclosed
Of outward joy, this bulk of life we feel,
Is not something, but something interposed.
Only what in this is not this is real.
If this be to have sense, if to be awake
Be but to see this bright, great sleep of things,
For the rarer potion mine own dreams I'll take
And for truth commune with imaginings,
        Holding a dream too bitter, a too fair curse,
        This common sleep of men, the universe.

XXVII

Wie fern liegt gestern! Die Vergangenheit
ist festgelegt, unendlich weit vom Heute.
Ob einst, ob neulich, die verflossne Zeit
unwiederbringlich bleibt sie gleich und fern.
Wie ist auch Künftiges für immer endlos
geschieden von dem Ort des Augenblicks,
wie die flußaufwärts wahrgenommene Woge
uns nur im neu gewellten Fluß erreicht.
So ist die Zeit, das Nichts bestimmt ihr Sein,
tyrannische Lenkerin unsrer Geschicke;
zerstörte Sonne kann sie nicht besiegen
und selbst vertauschte Daten nicht betrügen.
So ist die Zeit, sie trägt mein Herz zur Gruft,
seiner so sicher wie die Angst mich ruft.

XXVIII

Der grünen Welle Schneide bricht sich weiß
auf feuchtem Strand. Ich schaue zu und träume.
Gewiß, dies kann die Wirklichkeit nicht sein!
Irgendwie, irgendwo bleibt all dies Schein!
Die See, der Himmel, diese weite Dünung
äußerer Freude, dies gefühlte Leben,
ist selbst kein Etwas, ist nur eingeschoben.
Nur das, was daran nicht ist, das ist wirklich.
Wenn dies hier sinnvoll sein soll, und wenn Wachsein
nur heißt, den großen Schlaf der Dinge sehen,
halt' ich für Elixiere meine Träume,
will Phantasien für die Wahrheit achten
und als zu bitt'ren Traum, zu schönen Fluch
dies All, den großen Menschheitsschlaf, betrachten.

XXIX

My weary life, that lives unsatisfied
On the foiled off-brink of being e'er but his,
To whom the power to will hath been denied
And the will to renounce doth also miss;
My sated life, with having nothing sated,
In the motion of moving poisèd aye,
Within its dreams from its own dreams abated –
This life let the Gods change or take away.
For this endless succession of empty hours,
Like deserts after deserts, voidly one,
Doth undermine the very dreaming powers
And dull even thought's active inaction,
    Tainting with fore-unwilled will the dreamed act
    Twice thus removed from the unobtained fact.

XXX

I do not know what truth the false untruth
Of this sad sense of the seen world may own,
Or if this flowered plant bears also a fruit
Unto the true reality unknown.
But as the rainbow, neither earth's nor sky's,
Stands in the dripping freshness of lulled rain,
A hope, not real yet not fancy's, lies
Athwart the moment of our ceasing pain.
Somehow, since pain is felt yet felt as ill,
Hope hath a better warrant than being hoped;
Since pain is felt as aught we should not feel
Man hath a Nature's reason for having groped,
    Since Time was Time and age and grief his measures,
    Towards a better shelter than Time's pleasures.

XXIX

Dies matte Leben, ewig unzufrieden
mit dem Verhängnis, nichts als dies zu sein,
dem Willenskraft versagt geblieben ist
ebenso wie der Wille zum Verzicht;
mein sattes Leben, das an nichts sich sättigt,
in ewigen Pendelschwüngen festgehalten,
in seinem Traum vom eignen Traum gemindert –
mögen's die Götter ändern oder enden.
Denn diese Dauerfolge leerer Stunden,
wie eine Wüste sich aus Wüsten formt,
sie untergräbt die Fähigkeit zu träumen
und dämpft sogar des Denkens tätige Ruhe,
    lähmt selbst den Willen zum erträumten Tun,
    läßt zwiefach unser Woll'n auf sich beruh'n.

XXX

Ich weiß nicht, was die falsche Unwahrheit
der äuß'ren Welt um uns an Wahrheit birgt,
ob diese Pflanzenblüte auch zur Frucht wird
in der uns unbekannten Wirklichkeit.
Doch wie ein Regenbogen irdisch-himmlisch
über der Tropfenfrische stillen Regens
liegt Hoffnung, wirklich nicht und doch kein Wahn,
über der Zeit, wenn uns're Schmerzen enden.
Wenn Schmerz gefühlt wird, doch gefühlt als Leiden,
hat Hoffnung bess'ren Stand als hoffen können;
da wir den Schmerz als ganz unleidlich fühlen,
bestärkt Natur den Menschen in dem Streben,
    seit wir von Zeit und Schmerz und Altern wissen,
    nach bess'rem Schutz als zeitlichen Genüssen.

XXXI

I am older than Nature and her Time
By all the timeless age of Consciousness,
And my adult oblivion of the clime
Where I was born makes me not countryless.
Ay, and dim through my daylight thoughts escape
Yearnings for that land where my childhood dreamed,
Which I cannot recall in colour or shape
But haunts my hours like something that hath gleamed
And yet is not as light remembered,
Nor to the left or to the right conceived;
And all round me tastes as if life were dead
And the world made but to be disbelieved.
Thus I my hope on unkown truth lay; yet
How but by hope do I the unkown truth get?

XXXII

When I have sense of what to sense appears,
Sense is sense ere 'tis mine or mine in me is.
When I hear, Hearing, ere I do hear, hears.
When I see, before me abstract Seeing sees.
I am part Soul part I in all I touch –
Soul by that part I hold in common with all,
And I the spoiled part, that doth make sense such
As I can err by it and my sense mine call.
The rest is wondering what these thoughts may mean,
That come to explain and suddenly are gone,
Like messengers that mock the message' mien,
Explaining all but the explanation;
As if we a ciphered letter's cipher hit
And find it in a unknown language writ.

XXXI

Ich bin weit älter als Natur und Zeit
dank des Bewußtseins zeitenthobnem Alter;
daß ich als reifer Mensch den Ort vergaß,
wo ich geboren, raubt mir nicht die Heimat.
Ach, dunkel durch mein Tagesdenken sehn' ich
mich nach dem Land, wo meine Kindheit träumte,
das ich mir nicht vor Augen rufen kann,
das dennoch meinen Stunden Glanz verleiht
und doch als Licht nicht in Erinnrung kommt
und weder links noch rechts mir sichtbar wird;
und alles schmeckt, als wär das Leben tot
und dieses Weltall nichts als unglaubwürdig.
    So hoff' ich auf die unbekannte Wahrheit –
    doch wie, wenn nicht durch Hoffen, wird mir Klarheit?

XXXII

Wenn ich das fühle, was dem Sinn erscheint,
eh' er noch mein ist, ist der Sinn schon Sinn.
Hör' ich, hört Hören, noch bevor ich höre.
Seh' ich, so sieht vor mir abstraktes Sehen.
Teils Seele und teils Ich ist, was ich anrühr' –
Seele der Teil, den ich mit allen teile,
Ich der verderbte Teil, der meinen Irrtum,
mein inneres Gefühl begreiflich macht.
Der Rest ist Staunen, was Gedanken meinen,
die klären wollen und auf einmal schwinden,
wie Boten, die der eignen Botschaft spotten
und alles klären außer der Erklärung;
    als ob wir einen Brief entschlüsseln müßten,
    doch seine Sprache nicht zu deuten wüßten.

XXXIII

He that goes back does, since he goes, advance,
Though he doth not advance who goeth back,
And he that seeks, though he on nothing chance,
May still be words be said to find a lack.
This paradox of having, that is nought
In the word's meaning of the things in screens,
Is yet true of the substance of pure thought
And there means something by the nought it means.
For thinking nought does on nought being confer,
As giving not is acting not to give,
And, to the same unbribed true thought, to err
Is to find truth, though by its negative.
So why call this world false, if false to be
Be to be aught, and being aught Being to be?

XXXIV

Happy the maimed, the halt, the mad, the blind –
All who, stamped separate by curtailing birth,
Owe no duty's allegiance to mankind
Nor stand a valuing in their scheme of worth!
But I, whom Fate, not Nature, did curtail,
By no exterior voidness being exempt,
Must bear accusing glances where I fail,
Fixed in the general orbit of contempt.
Fate, less than Nature in being kind to lacking,
Giving the ill, shows not as outer cause,
Making our mock-free will the mirror's backing
Which Fate's own acts as if in itself shows;
And men, like children, seeing the image there,
Take place for cause and make our will Fate bear.

XXXIII

Wer rückwärts geht, geht, wenn er schreitet, vorwärts,
obwohl nicht vorwärts geht, wer rückwärts schreitet,
und von dem Suchenden, der nichts erreicht,
bleibt sagbar doch, daß er ein Nichts gefunden.
Dies Paradox des Habens, das nichts gilt
im Wortsinn aller Dinge, die es deckt,
gilt auch für die Substanz des reinen Denkens
und meint dort etwas durch sein Nichts an Meinung.
Denn nichts zu denken schenkt dem Nichts ein Sein,
wie das Nichtgeben noch ein Handeln ist,
und gleichermaßen streng gedacht ist Irren
ein, wenn auch negatives, Wahrheitfinden.
    Warum spricht man gleichwohl von falscher Welt,
    wenn Falschsein *etwas* ist und Sein enthält?

XXXIV

Glücklich, wer lahm, verkrüppelt, blind und närrisch –
alle, die von Geburt gezeichnet sind,
der Menschheit keine Pflichterfüllung schulden,
in ihrer Wertung keinen Wert bedeuten!
Doch ich, den Schicksal, nicht Natur, verkürzt,
der nicht durch äußre Übel abgesondert,
muß Rügeblicke dulden, wo ich scheitre,
bin festgesetzt im Bannkreis der Verachtung.
Geschick, mehr als Natur dem Kranken gram,
gibt sich als Krankheitsgrund nicht zu erkennen
und macht aus unserm Wollen einen Spiegel
der, was das Schicksal tat, verinnerlicht;
    der Mensch sieht dort, dem Kinde gleich, das Bild,
    und Schicksal ihm als böser Wille gilt.

XXXV

Good. I have done. My heart weighs. I am sad.
The outer day, void statue of lit blue,
Is altogether outward, other, glad
At mere being not-I (so my aches construe).
I, that have failed in everything, bewail
Nothing this hour but that I have bewailed,
For in the general fate what is't to fail?
Why, fate being past for Fate, 'tis but to have failed.
Whatever hap or stop, what matters it,
Sith to the mattering our will bringeth nought?
With the higher trifling let us world our wit,
Conscious that, if we do't, that was the lot
    The regular stars bound us to, when they stood
    Godfathers to our birth and to our blood.

Lisbon, 1918

XXXV

Nun denn, es ist vollbracht. Mein Herz ist schwer.
Der Tag, die leere Statue blauen Lichts,
liegt gänzlich außerhalb, mir fremd und froh,
nur weil er nicht mein Ich ist, (meint mein Schmerz).
Ich, der in allem scheiterte, beklage
in dieser Stunde, daß ich klagte, nur,
denn ist nicht Scheitern allgemeines Schicksal?
Was wiegt das kleine Schicksal vor dem großen?
Was auch gescheh' und scheit're, was verschlägt's,
wenn unser Wollen dazu gar nichts beiträgt?
Laßt leichten Sinnes uns das Sorgen abtun,
wissend, daß, wenn wir's tun, dies unser Los war;
    in Patenschaft verhängten's die Planeten,
    als wir in unser Leben eingetreten.

Antinous

Antinoos

The rain outside was cold in Hadrian's soul.

The boy lay dead
On the low couch, on whose denuded whole,
To Hadrian's eyes, whose sorrow was a dread,
The shadowy light of Death's eclipse was shed.

The boy lay dead, and the day seemed a night
Outside. The rain fell like a sick affright
Of Nature at her work in killing him.
Memory of what he was gave no delight,
Delight at what he was was dead and dim.

O hands that once had clasped Hadrian's warm hands,
Whose cold now found them cold!
O hair bound erstwhile with the pressing bands!
O eyes half-diffidently bold!
O bare female male-body such
As a god's likeness do humanity!
O lips whose opening redness erst could touch
Lust's seats with a live art's variety!
O fingers skilled in things not to be told!
O tongue which, counter-tongued, made the blood bold!
O complete regency of lust throned on
Raged consciousness's spilled suspension!

These things are things that now must be no more.
The rain is silent, and the Emperor
Sinks by the couch. His grief is like a rage,
For the gods take away the life they give
And spoil the beauty they made live.
He weeps and knows that every future age
Is looking on him out of the to-be;
His love is on a universal stage;
A thousand unborn eyes weep with his misery.

In Hadrians Seele fiel der Regen kalt.

Tot lag der junge Mann
auf niedrigem Lager, nackt bot die Gestalt
sich Hadrians Augen – in des Schreckens Bann –,
und fahles Todeslicht auf ihr verrann.

Tot lag der Jüngling, und der Tag schien Nacht.
Wie die Natur, als sie ihn umgebracht,
– beängstigend – ging draußen Regen nieder.
Erinnerung brachte kein Entzücken wieder,
das einst Genossene: nunmehr ohne Macht.

O Hände, die einst Hadrians warme Hand gedrückt
und deren Kälte sie nun kalt gefunden!
O Haar, einstmals mit schwerem Band umbunden!
O Augen, die ihr scheu und frech entzückt!
Weiblicher, nackter Mannesleib, gespürt
wie eines Gottes Menschenkleid!
O Lippen, deren offenes Rot berührt
Zentren der Lust in kundiger Mannigfaltigkeit!
Finger, zu unsagbarer Lust geschickt,
Zunge, die rasen läßt, an eine Gegenzunge angedrückt!
Vollkommen herrscht auf ihrem Thron die Lust,
hebt alles auf, was bis zur Wut bewußt.

All dies kann fortan nicht mehr sein.
Der Kaiser sinkt – still fällt der Regen ein –
hin vor das Lager. Rasend ist sein Schmerz:
die Götter rauben das geschenkte Leben,
zerstör'n die Schönheit, die sie erst gegeben.
Er weint und weiß doch, daß die künftigen Zeiten
sein Elend mitleidigen Blicks begleiten,
und eine Weltenbühne ist sein Herz,
dem tausend Nachgeborene Tränen weihten.

Antinous is dead, is dead for ever,
Is dead for ever and all loves lament.
Venus herself, that was Adonis' lover,
Seeing him, that newly lived, now dead again,
Lends her old grief's renewal to be blent
With Hadrian's pain.

Now is Apollo sad because the stealer
Of his white body is for ever cold.
No careful kisses on that nippled point
Covering his heart-beats' silent place restore
His life again to ope his eyes and feel her
Presence along his veins Love's fortress hold.
No warmth of his another's warmth demands.
Now will his hands behind his head no more
Linked, in that posture giving all but hands,
On the projected body hands implore.

The rain falls, and he lies like one who hath
Forgotten all the gestures of his love
And lies awake waiting their hot return.
But all his arts and toys are now with Death.
This human ice no way of heat can move;
These ashes of a fire no flame can burn.

O Hadrian, what will now thy cold life be?
What boots it to be lord of men and might?
His absence o'er thy visible empery
Comes like a night,
Nor is there morn in hopes of new delight.
Now are thy nights widowed of love and kisses;
Now are thy days robbed of the night's awaiting;
Now have thy lips no purpose for thy blisses,
Left but to speak the name that Death is mating
With solitude and sorrow and affright.

Antinous ist tot, der Heißgeliebte,
ist tot für immer, und die Liebesgötter klagen.
Und Venus selbst, die den Adonis liebte,
mischt die erneuten eigenen Schmerzen ein
um ihn, der noch gelebt vor wenigen Tagen,
in Hadrians Pein.

Apollo trauert, denn der seinen Leib entführte,
den weißen, liegt auf immer kalt.
Kein zarter Kuß auf jenen warzigen Punkt,
der seines Herzschlags ruhigen Ort bedeckte,
öffnet ihm neu die Augen, daß er wieder
der Liebe Bollwerk in den Adern spürte.
Sein kalter Leib – nun nicht mehr warm durchdrungen.
Außer den Händen lassen alles sehen
die Hände, hinter seinem Haupt verschlungen, –
nie wieder werden sie nach andern Händen flehen.

Der Regen rauscht. Und er liegt da wie einer,
der seiner Liebe Gesten hat vergessen
und wacht, auf ihre Wiederkehr versessen.
Doch nur der Tod kennt seine Kunst, sonst keiner.
Dies menschliche Eis kein Gluthauch schmelzen kann,
ja, diese Asche facht kein Feuer an.

O Hadrian, was kommt wohl dieser Kälte gleich?
Was nützt es, Herr sein über Mensch und Macht?
Sein Fortgang bricht in dein sichtbares Reich
ein wie die Nacht,
für die kein neuer Freudenmorgen lacht.
Verwaist ist deine Nacht von Lieb' und Küssen,
dein Tag des Wartens auf die Nacht beraubt,
von keinem Ziel mehr deine Lippen wissen,
Sie flüstern nur den Namen, todumlaubt,
und Einsamkeit und Kummer halten Wacht.

Thy vague hands grope, as if they had dropped joy.
To hear that the rain ceases lift thy head,
And thy raised glance take to the lovely boy.
Naked he lies upon that memoried bed;
By thine own hand he lies uncoverèd.
There was he wont thy dangling sense to cloy,
And uncloy with more cloying, and annoy
With newer uncloying till thy senses bled.

His hand and mouth knew games to reinstal
Desire that thy worn spine was hurt to follow.
Sometimes it seemed to thee that all was hollow
In sense in each new straining of sucked lust.
Then still new turns of toying would he call
To thy nerves' flesh, and thou wouldst tremble and fall
Back on thy cushions with thy mind's sense hushed.

»Beautiful was my love, yet melancholy.
He had that art, that makes love captive wholly,
Of being slowly sad among lust's rages.
Now the Nile gave him up, the eternal Nile.
Under his wet locks Death's blue paleness wages
Now war upon our wishing with sad smile.«

Even as he thinks, the lust that is no more
Than a memory of lust revives and takes
His senses by the hand, his felt flesh wakes,
And all becomes again what 'twas before.
The dead body on the bed starts up and lives
And comes to lie with him, close, closer, and
A creeping love-wise and invisible hand
At every body-entrance to his lust
Whispers caresses which flit off yet just
Remain enough to bleed his last nerve's strand,
O sweet and cruel Parthian fugitives!

Es tasten deine Hände, freudeleer.
Blick auf und horch: der Regen rinnt nicht mehr.
Betrachte den geliebten Jüngling gut,
wie er auf eurem Liebeslager ruht,
dort ruht, von deiner eigenen Hand enthüllt;
dort reizte er die schwanken Sinne wild,
entfachte sie erneut, wenn sie gestillt,
erregte deine Liebe bis aufs Blut.

Sein spielerisches Tun mit Hand und Mund
stachelt dein müdes Kreuz auf, mitzugehen.
Manchmal schienst du im Taumel zu vergehen
bei jeder neuen Laune saugender Lust.
Dann hat er neue Spiele stets gewußt
für deine Nerven, und dir, liebeswund,
verging auf deinen Kissen Hör'n und Sehen.

»Schön war mein Liebster, düster sein Gemüt!«
Er war – o Kunst, die Liebe an sich zieht –
sanft-traurig in der Lüste Übermaß.
Nun gab der Nil, der ewige Nil ihn frei.
Unter den nassen Locken totenblaß
entzieht er sich der Wünsche Schmeichelei.

Er sinnt und im Erinnerungsbereich
der Wollust regt sich's, sie erstehn und fassen
die Sinne bei der Hand, sein Fleisch erwacht,
alles nimmt neu den altbekannten Lauf.
Der tote Leib des Jünglings hebt sich auf
und schmiegt sich an ihn, eng und immer enger,
die kund'ge unsichtbare Hand weilt länger
an jeder Leibesöffnung seiner Lust,
haucht Zärtlichkeiten über seine Brust,
die seine letzten Nerven bluten lassen,
flüchtige Parther, süß und wild zugleich!

So he half rises, looking on his lover,
That now can love nothing but what none know.
Vaguely, half-seeing what he doth behold,
He runs his cold lips all the body over.
And so ice-senseless are his lips that, lo!,
He scarce tastes death from the dead body's cold,
But is seems both are dead or living both
And love is still the presence and the mover.
Then his lips cease on the other lips' cold sloth.

Ah, there the wanting breath reminds his lips
That from beyond the gods hath moved a mist
Between him and this boy. His finger-tips,
Still idly searching o'er the body, list
For some flesh-response to their waking mood.
But their love-question is not understood:
The god is dead whose cult was to be kissed!

He lifts his hand up to where heaven should be
And cries on the mute gods to know his pain.
Let your calm faces turn aside to his plea,
O granting powers! He will yield up his reign.
In the still deserts he will parchèd live,
In the far barbarous roads beggar or slave,
But to his arms again the warm boy give!
Forego that space ye meant to be his grave!

Take all the female loveliness of earth
And in one mound of death its remnant spill!
But, by sweet Ganymede, that Jove found worth
And above Hebe did elect to fill
His cup at his high feasting, and instil
The friendlier love that fills the other's dearth,
The clod of female embraces resolve
To dust, o father of the gods, but spare
This boy and his white body and golden hair!
Maybe thy better Ganymede thou feel'st
That he should be, and out of jealous care
From Hadrian's arms to thine his beauty steal'st.

Halb aufgerichtet blickt er auf den andern,
der nur, was niemand kennt, noch lieben kann,
Ziellos läßt der – schaut kaum die Dinge an –
die kalten Lippen über seinen Leichnam wandern.
So eisig seine Lippen, daß – o Not! –
er kaum den Tod schmeckt auf des Toten Leib.
Wer weiß, ob beide leben, ob sie tot?
Die Liebe bleibt bewegende Gegenwart
und Lippen ruh'n auf Lippen, die erstarrt.

Ach, seinen Atem kann er nicht beschwören!
Jenseits der Götter wuchsen Nebelwände
zwischen ihm und dem Jüngling. Seine Hände,
vergebens seinen Leib abtastend, hören
kein Zeichen mehr, das Wiederkehr verheißt.
Kein Liebesdrängen kann ihn mehr betören:
Tot ist der Gott, den man mit Küssen preist.

Er hebt die Hand zum stummen Himmel auf
und schreit den Göttern seinen Schmerz entgegen.
Gebt seinem Einspruch gnädigen Verlauf,
will er doch, seht!, die Krone niederlegen!
In stillen Wüsten will er schmachtend leben,
bei den Barbaren Sklave ohne Habe,
wenn nur sein Knabe ihm zurückgegeben.
Haltet ihn fern vom zubestimmten Grabe!

Nehmt alles reizvoll Weibliche der Welt!
Verstreut den Rest auf einem Totenhügel!
Wie Zeus den süßen Ganymed bestellt
zu seinem Mundschenk, ihm den Becher gab,
vor Hebe ihn beim Götterschmaus zu füllen,
weil er ihm freundlicher als sie zu Willen,
brösle den Klumpen weiblicher Umarmung
zu Staub, o Göttervater, schenk Erbarmung
für dieses Jünglings Leib und goldenes Haar!
Besser als Ganymedes könnt' er sein –
du fühlst es, stahlst aus Eifersucht ihn gar
aus Hadrians Arm und nennst den Schönen dein!

He was a kitten playing with lust, playing
With his own and with Hadrian's, sometimes one
And sometimes two, now linking, now undone;
Now leaving lust, now lust's high lusts delaying;
Now eyeing lust not wide, but from askance
Jumping round on lust's half-unexpectance;
Now softly gripping, then with fury holding,
Now playfully playing, now seriously, now lying
By th' side of lust looking at it, now spying
Which way to take lust in his lust's withholding.

Thus did the hours slide from their tangled hands
And from their mixèd limbs the moments slip.
Now were his arms dead leaves, now iron bands;
Now were his lips cups, now the things that sip;
Now were his eyes too closed and now too looking;
Now were his uncontinuings frenzy working;
Now were his arts a feather and now a whip.

That love they lived as a religion
Offered to gods that come themselves to men.
Sometimes he was adorned or made to don
Half-vestures, then in statued nudity
Did imitate some god that seems to be
By marble's accurate virtue men's again.
Now was he Venus, white out of the seas;
And now was he Apollo, young and golden;
Now as Jove sate he in mock judgment over
The presence at his feet of his slaved lover;
Now was he an acted rite, by one beholden,
In ever-repositioned mysteries.

Er war ein Kätzchen, das mit Wollust spielte,
mit Hadrians und seiner eig'nen, bald
vereinzelt, bald verdoppelter Gestalt,
die Lust verzögerte, die auf Erfüllung zielte,
nicht grade, sondern schlängelnd zu ihr drang,
die beinah unverhoffte katzengleich umsprang;
mit sanftem Tasten bald, bald ungehemmt,
bald spielerisch, bald ernsthaft und bald neben
die Lust gelagert, spähend zu erleben,
wie sie sich Bahn bricht, wenn zurückgedämmt.

Ihren verschlungenen Händen fiel die Zeit zum Raub,
die vor verschlungenen Gliedern sich von dannen stahl;
die Eisenarme werden welkes Laub
und seine Saugelippen zum Pokal;
die zu geschlossenen Augen bald zu offen,
so bringt ihn seine Sprödigkeit zum Rasen;
Feder und Peitsche wechseln Mal um Mal.

Die Liebe ließ sie sich in einem Kult vereinen,
den Göttern dargebracht, die sich den Menschen nah'n.
Manchmal ging er mit Schmuck und Fellen angetan,
dann wieder ahmt' er nackt und statuengleich
Gestalten nach, die, aus der Götter Reich,
dank Marmorkraft von neuem Menschen scheinen.
Bald war er Venus, aus dem Meer entstiegen,
bald golden wie Apoll und jugendstramm,
oder er ließ wie Zeus voll Spottlust büßen
den sklavischen Geliebten ihm zu Füßen,
ein andermal wollt' er, ein Opferlamm
ewig erneuten Rituals, am Boden liegen.

Now he is something anyone can be.
O stark negation of the thing it is!
O golden-haired moon-cold loveliness!
Too cold! too cold! and love as cold as he!
Love through the memories of his love doth roam
As through a labyrinth, in sad madness glad,
And now calls on his name and bids him come,
And now is smiling at his imaged coming
That is i'th' heart like faces in the gloaming –
Mere shining shadows of the forms they had.

The rain again like a vague pain arose
And put the sense of wetness in the air.
Suddenly did the Emperor suppose
He saw this room and all in it from far.
He saw the couch, the boy, and his own frame
Cast down against the couch, and he became
A clearer presence to himself, and said
These words unuttered, save to his soul's dread:

»I shall build thee a statue that will be
To the continued future evidence
Of my love and thy beauty and the sense
That beauty giveth of divinity.
Though death with subtle uncovering hands remove
The apparel of life and empire from our love,
Yet its nude statue, that thou dost inspirit,
All future times, whether they will't or not,
Shall, like a gift a forcing god hath brought,
Inevitably inherit.

Was nun er ist, das kann ein jeder sein.
Starre Verneinung eigner Wesenheit!
Mondkalte, goldgelockte Lieblichkeit!
Zu kalt! Zu kalt! Die Liebe kalt wie Stein!
Die Liebe streift durch die Erinnerungen
wie durch ein Labyrinth in mildem Wahn,
froh ruft sie seinen Namen, heißt ihn kommen,
lächelt bei seinem traumerblickten Nah'n –
von Angstvisionen ist das Herz beklommen –
es nah'n sich Schatten, deren Form zersprungen.

Wie vager Schmerz fiel Regen nieder. Immer
erneut füllt' er die Luft mit Feuchtigkeit.
Und plötzlich schien dem Kaiser dies sein Zimmer
mit allem Zubehör unendlich weit.
Er sah das Bett, den Jüngling aufgebahrt,
sich selbst vor seinem Lager knien und ward
sich selber klar und sprach unhörbar ein
auf sich und auf die eigne Seelenpein:

»Ich will dir eine Statue erbauen;
in ihr wird deine Schönheit weiterleben
und soll von meiner Liebe Zeugnis geben,
denn Schönheit läßt den Sinn der Gottheit schauen.
Und mag der Tod mit den enthüllenden Händen
Leben und Herrschaft unsrer Liebe enden,
so wird ihr Standbild dennoch alle Zeiten
in Zukunft, ob sie wollen oder nicht,
wie ein Geschenk, das uns ein Gott zuspricht,
unabweisbar begleiten.

»Ay, this thy statue shall I build, and set
Upon the pinnacle of being thine, that Time
By its subtle dim crime
Will fear to eat it from life, or to fret
With war's or envy's rage from bulk and stone.
Fate cannot be that! Gods themselves, that make
Things change, Fate's own hand, that doth overtake
The gods themselves with darkness, will draw back
From marring thus thy statue and my boon,
Leaving the wide world hollow with thy lack.

»This picture of our love will bridge the ages.
It will loom white out of the past and be
Eternal, like a Roman victory,
In every heart the future will give rages
Of not being our love's contemporary.

»Yet oh that this were needed not, and thou
Wert the red flower perfuming my life,
The garland on the brows of my delight,
The living flame on altars of my soul!
Would all this were a thing thou mightest now
Smile at from under thy death-mocking lids
And wonder that I should so put a strife
Twixt me and gods for thy lost presence bright;
Were there nought in this but my empty dole
And thy awakening smile half to condole
With what my dreaming pain to hope forbids.«

Thus went he, like a lover who is waiting,
From place to place in this dim doubting mind.
Now was his hope a great intention fating
Its wish to being, now felt he he was blind
In some point of his seen wish undefined.

»Ja, dies dein Standbild will ich bau'n und setzen
hoch auf des Deinseins Gipfel, daß die Zeit
in ihrer düsteren Gefräßigkeit
sich fürchten soll, es schäd'gend zu verletzen
mit Steinwurf, wie es Krieg und Neid gefalle.
Das soll nicht sein! Die Götter selbst, die alle
Dinge verwandeln, und des Schicksals Hände,
die selbst die Götter hüll'n in trübes Ungefähr,
werden dein Standbild schonen, meine Spende,
denn ohne dich wär' diese Erde leer.

»Dies Bildnis wird die Zeiten überbrücken.
Hell wird es leuchten aus vergangenen Jahren,
wird ewig dauern wie ein römischer Sieg;
und alle künftigen Herzen wird bedrücken,
daß sie nicht Zeugen unsrer Liebe waren.

»Ach, wär' dies alles müßig, wärest du
der roten Blume Duft, der mich beglückt,
die Krone auf der Stirn, die mich entzückt,
die Altarflamme meiner Seelenruh!
Wär' all dies Narrheit und du lächeltest
mir unter todverachtenden Lidern zu,
verwundert, weil ich mit den Göttern streite
um deiner Gegenwart verlornes Fest;
wär' all mein Leiden gänzlich sinnentleert,
und stünd' dein waches Lächeln mir zur Seite,
der in erträumter Pein sich Hoffnung nicht gewährt.«

So ging er wie ein Liebender, der harrt,
von Ort zu Ort in seinem Zweifelgeist.
Wiewohl ihn Hoffnung auf Erfüllung narrt,
fühlt er ein andermal, was Blindsein heißt,
wenn das erschaute Wunschgespinst zerreißt.

When love meets death we know not what to feel.
When death foils love we know not what to know.
Now did his doubt hope, now did his hope doubt;
Now what his wish dreamed the dream's sense did flout
And to a sullen emptiness congeal.
Then again the gods fanned love's darkening glow.

»Thy death has given me a higher lust –
A flash-lust raging for eternity.
On mine imperial fate I set my trust
That the high gods, that made me emperor be,
Will not annul from a more real life
My wish that thou should'st live for e'er and stand
A fleshly presence on their better land,
More lovely yet not lovelier, for there
No things impossible our wishes mar
Nor pain our hearts with change and time and strife.

»Love, love, my love! thou art already a god.
This thought of mine, which I a wish believe,
Is no wish, but a sight, to me allowed
By the great gods, that love love and can give
To mortal hearts, under the shape of wishes –
Of wishes having undiscovered reaches –,
A vision of the real things beyond
Our life-imprisoned life, our sense-bound sense.
Ay, what I wish thee to be thou art now
Already. Already on Olympic ground
Thou walkest and art perfect, yet art thou,
For thou needst no excess of thee to don
Perfect to be, being perfection.

»My heart is singing like a morning bird.
A great hope from the gods comes down to me
And bids my heart to subtler sense be stirred
And think not that strange evil of thee
That to think thee mortal would be.

Wenn Liebe Tod begegnet, ach, was fühlt man dann?
Wenn Tod die Liebe mäht, versagt das Wissen.
Bald hofft der Zweifel, bald verzweifelt Hoffen;
was sein Verlangen träumte, wird zerrissen,
der Sinn des leeren Grams bleibt offen.
Dann facht erneut ein Gott die Liebe an.

»Dein Tod, er hat mir höhere Lust gegeben –
blitzende Lust, die drängt nach Ewigkeit.
Für immer will ich in dem Glauben leben,
daß Götter, die zum Kaiser mich geweiht,
in Wirklichkeit mein Flehen übersetzen,
daß du leibhaftig und unsterblich seist
und dich an ihrem schön'ren Land erfreust,
lieblicher, doch nicht liebenswerter, weil
nicht Unmöglichkeit der Wünsche Teil
und Wandlung, Zeit und Streit uns nicht verletzen.

»Geliebter Freund! Schon ward ein Gott aus dir.
Die großen Götter, sie erlaubten mir,
meine Gedanken mit den Augen zu erfassen,
sie lieben Liebende, und deshalb lassen
sterbliche Herzen sie in Wunschgestalt –
Wünschen von überirdischer Gewalt –
die Dinge hinter unserm Leben sehen,
die vor dem sinngebundenen Sinn entstehen.
Ach, was ich dir zu sein gewünscht, das bist
du schon. Und wanderst auf olympischem Grund,
wanderst und bist vollkommen, wie nur ist,
wer sich nicht selbst zu überflügeln braucht,
weil er längst in Vollkommenheit getaucht.

»Mein Herz will wie ein Morgenvogel singen.
Denn Hoffnung flößen mir die Götter ein
und wecken dieses Herz zu höhern Dingen:
unheilvoll würde in der Seele klingen,
du könntest jetzt ein Sterblicher noch sein.

»My love, my love, my god-love! Let me kiss
On thy cold lips thy hot lips now immortal,
Greeting thee at Death's portal's happiness,
For to the gods Death's portal is Life's portal.

»Were no Olympus yet for thee, my love
Would make thee one, where thou sole god mightst prove,
And I thy sole adorer, glad to be
Thy sole adorer through infinity.
That were a universe divine enough
For love and me and what to me thou art.
To have thee is a thing made of gods' stuff
And to look on thee eternity's best part.

»But this is true and mine own art: the god
Thou art now is a body made by me,
For, if thou art now flesh reality
Beyond where men age and night cometh still,
'Tis to my love's great making power thou owest
That life thou on thy memory bestowest
And mak'st it carnal. Had my love not held
An empire of my mighty legioned will,
Thou to gods' consort hadst not been compelled.

»My love that found thee, when it found thee did
But find its own true body and exact look.
Therefore when now thy memory I bid
Become a god where gods are, I but move
To death's high column's top the shape it took
And set it there for vision of all love.

»O love, my love, put up with my strong will
Of loving to Olympus, be thou there
The latest god whose honey-coloured hair
Takes divine eyes! As thou wert on earthe, still
In heaven bodyfully be and roam,
A prisoner of that happiness of home,
With elder gods, while I on earth do make
A statue for thy deathlessness' seen sake.

»Liebster, der du zum Gott erhoben bist,
laß mich auf deinen kalten Lippen beben,
unsterblich-heißen. Denn für Götter ist
des Todes Tor zugleich das Tor zum Leben.

»Wär' der Olymp nicht dein, so würd' aus Liebe
ich einen Göttersitz für dich erbauen,
wo ich dein einziger Verehrer bliebe,
in alle Ewigkeit nur dich zu schauen.
Das wär' das einzig würdige Geschick
für uns und unsre Liebesseligkeit;
denn dich besitzen ist ein Götterglück,
dich anschaun bester Teil der Ewigkeit.

»Doch eins ist wahr und ganz mein eignes Werk:
daß du ein Gott wardst, wirkte meine Kraft,
denn daß du leibgeword'ne Wirklichkeit
jenseits der Schranken unsrer Menschenzeit,
das wirkte meine Liebesleidenschaft:
ihr dankst du, daß dein Leben nicht verloren
der Zeit verfällt. Besäße nicht mein Wille
zur Liebe der Legionen Herrschaftsfülle,
die Götter hätten dich nicht auserkoren.

»Als meine Liebe dich gefunden, fand
sie nichts als ihres eignen Leibs Gestalt.
Und bist du erst ein Gott im Götterland,
wie ich erbeten, stelle ich alsbald
hoch auf des Todes Säulenschaft dein Bild,
wo es als Sinnbild aller Liebe gilt.

»Nach meinem starken Willen steig empor,
Geliebter, zum Olymp und werde dort
der jüngste Gott, des honigfarbenes Haar
göttliche Augen einhüllt. In der Schar
der Götter lebe leiblich wandelnd fort,
bleib ein Gefangener im olympischen Chor –
ich habe hier auf Erden dir geweiht
ein Standbild deiner Todeslosigkeit.

»Yet thy true deathless statue I shall build
Will be no stone thing, but that same regret
By which our love's eternity is willed.
One side of that is thou, as gods see thee
Now, and the other, here, thy memory.
My sorrow will make that men's god, and set
Thy naked memory on the parapet
That looks upon the seas of future times.
Some will say all our love was but our crimes;
Others against our names the knives will whet
Of their glad hate of beauty's beauty, and make
Our names a base of heap whereon to rake
The names of all our brothers with quick scorn.
Yet will our presence, like eternal Morn,
Ever return at Beauty's hour, and shine
Out of the East of Love, in light to enshrine
New gods to come, the lacking world to adorn.

»All that thou art now is thyself and I.
Our dual presence has its unity
In that perfection of body which my love,
By loving it, became, and did from life
Raise into godness, calm above the strife
Of times, and changing passions far above.

»But since men see more with the eyes than soul,
Still I in stone shall utter this great dole;
Still, eager that men hunger by thy presence,
I shall to marble carry this regret
That in my heart like a great star is set.
Thus, even in stone, our love shall stand so great
In thy statue of us, like a god's fate,
Our love's incarnate and discarnate essence,
That, like a trumpet reaching over seas
And going from continent to continent,
Our love shall speak its joy and woe, death-blent,
Over infinities and eternities.

»Doch dieses Standbild, das ich dir erbaut,
es ist kein Ding aus Stein, es wächst aus Leid,
das bürgt für unsrer Liebe Ewigkeit.
Die eine Seite schau'n die Götter an,
die andre hält uns Sterbliche in Bann.
Mein Schmerz schafft diesen Menschengott und setzt
sein nacktes Bildnis oben auf den Wall,
der auf die Meere künft'ger Zeiten schaut.
Mancher heißt unsre Liebe ein Verbrechen,
manch andrer gegen uns das Messer wetzt
im Haß auf alles Schöne. Überall
wird er verächtlich unsern Namen sprechen
und sich mit Spott an unsern Brüdern rächen.
Doch werden wir gleichwie der ewige Morgen
zur Schönheitsstunde gegenwärtig sein
und aus dem Orient der Liebe Schein
der kargen Welt und neuen Göttern borgen.

»Alles, was du jetzt bist, bist du mit mir,
Vereint ist meine Gegenwart mit dir
zu dem vollkommenen Leib, den meine Liebe
liebend gewann und aus der Zeitlichkeit
zur Gottheit hob, weit über allem Streit
der Zeiten und der Leidenschaft Getriebe.

»Da Menschenaugen besser sehn als -herzen,
will ich in Stein verwandeln meine Schmerzen.
Da alle Menschen nach dir hungern sollen,
so laß ich meine Pein in Marmor schlagen,
die in mein Herz gestirngleich eingetragen.
So hoch aus Stein soll unsre Liebe stehen,
daß sie als Götterschicksal kann bestehen,
als unsrer Liebe wesenhaftes Wollen,
das wie Trompetenklänge übers Meer
von Kontinent zu Kontinent gedrungen
und, liebesfreudig oder todesschwer,
Unendlichkeit und Ewigkeit bezwungen.

»And here, memory or statue, we shall stand,
Still the same one, as we were hand in hand
Nor felt each other's hand for feeling feeling.
Men still will see me when thy sense they take.
The entire gods might pass, in the vast wheeling
Of the globed ages. If but for thy sake,
That, being theirs, hadst gone with their gone band,
They would return, as they had slept to wake.

»Then the end of days when Jove were born again
And Ganymede again pour at his feast
Would see our dual soul from death released
And recreated unto joy, fear, pain –
All that love doth contain;
Life – all the beauty that doth make a lust
Of love's own true love, at the spell amazed;
And, if our very memory wore to dust,
By some gods' race of the end of ages must
Our dual unity again be raised.«

It rained still. But slow-treading night came in,
Closing the weary eyelids of each sense.
The very consciousness of self and soul
Grew, like a landscape through dim raining, dim.
The Emperor lay still, so still that now
He half forgot where now he lay, or whence
The sorrow that was still salt on his lips.
All had been something very far, a scroll
Rolled up. The things he felt were like the rim
That haloes round the moon when the night weeps.

»Als Standbild woll'n wir oder als Erinnern
fortleben, wie wir einstmals, Hand in Hand,
die Hand nicht, das Gefühl gefühlt im Innern.
Mich wird man sehen, wenn man dich erkannt.
Die Götter selbst vergeh'n im Rad der Zeiten,
dem kreisend runden. Doch du hast vollbracht,
daß sie mit dir, den sie zum Gotte weihten,
auch wiederkehren, aus dem Schlaf erwacht.

»Wenn in der Endzeit Jupiter neu erstanden
und Ganymed ihm neu den Becher füllt,
wird unsre Seele frei von Todesbanden
erneut von Freude, Angst und Pein erfüllt,
allem, was Liebe in uns wecken kann;
so schön das Leben, daß in seinem Bann
nur höchste Lust die wahre Liebe prägt.
Wär' unser Name von der Zeit vernichtet,
zur Endzeit naht ein göttliches Geschlecht,
das unsre Doppeleinheit neu errichtet.«

Der Regen rann. Und langsam trat die Nacht
ein, schloß der Sinne müde Augenlider.
Das Ichbewußtsein schwand und wurde wieder
so trüb wie Regen eine Landschaft macht.
Still lag der Kaiser, und ihm war zumute,
als habe er vergessen, wo er ruhte,
die Pein, die salzig auf den Lippen brennt.
Und wie ein eingerolltes Pergament
lag alles weltenfern. Was er gefühlt,
war wie der Hof, der nachts den Mond einhüllt.

His head was bowed into his arms, and they
On the low couch, foreign to his sense, lay.
His closed eyes seemed open to him, and seeing
The naked floor, dark, cold, sad and unmeaning.
His hurting breath was all his sense could know.
Out of the falling darkness the wind rose
And fell; a voice swooned in the courts below;
And the Emperor slept.
                                                            The gods came now
And bore something away, no sense knows how,
On unseen arms of power and repose.

Lisbon, 1915

Sein Haupt war auf den Arm gestützt, und der
lag auf dem niedren Lager sinnenleer.
Durch der geschlossnen Augen inn'res Licht
sah er den Boden, dunkel wie ein Grab.
Nur seinen Atem hört' er keuchen, bis
der Nachtwind aufkam in der Finsternis.
Fern in den Höfen starb das letzte Wort.
Der Kaiser schlief.
Nun stieg ein Gott herab
und trug ein Etwas, wie, das weiß man nicht,
auf unsichtbaren mächtigen Armen fort.

Das letzte (datierte) Gedicht

The happy sun is shining,
The fields are green and gay,
But my poor heart is pining
For something far away.
It's pining just for you,
It's pining for thy kiss.
It does not matter if you 're true
To this.
What matters is just you.

I know the sea is beaming
Under the summer sun.
I know the waves are gleaming,
Each one and every one.
But I am far from you,
And so far from your kiss!
And that's all I get that's really true
In this.
What matters is just you.

Oh, yes, the sky is splendid,
So blue as it is now,
The air and light are blended,
Oh, yes, hot, anyhow,
Nothing of this is you,
I'm absent from your kiss,
That's all I get that's sad and true
In this.
What matters is just you.

22. 11. 1935

Nachwort des Übersetzers

In den letzten portugiesischen Gesamtausgaben der Werke Fernando Pessoas hat der Herausgeber António Quadros aus den im »Liederkreis« (Cancioneiro) zusammengefaßten orthonymen Gedichten die esoterischen ausgegliedert und gesondert abgedruckt. Dieses Verfahren ist insofern berechtigt, als wir erstens nicht wissen, wie Pessoa selbst seine unter eigenem Namen geschriebene Lyrik publiziert haben würde und zweitens in der esoterischen Lyrik nicht die Ichprobleme im Vordergrund stehen, sondern die Frage nach dem Sinn der menschlichen Existenz und die Beziehungen zwischen Mensch und Gottheit im allgemeinen. Nicht alle Gedichte dieser Gruppe verdienen die Bezeichnung »esoterisch«, d.h. nicht alle sind von Motiven aus den Geheimlehren des Abendlandes inspiriert worden. Auf einen Teil trifft eher die Bezeichnung »metaphysische Lyrik« zu, die jedoch literaturhistorisch auf die englischen »Metaphysical Poets« des 17. Jahrhunderts festgeschrieben ist. Pessoas Dichtung kreist von seinen schülerhaften englischen Anfängen an um metaphysische Fragen, und es drängt sich daher auf, angesichts dieser obsessiven Gegenwart der religiösen Thematik seine diesbezügliche Entwicklung in aller Kürze zu charakterisieren.

Er hat in seiner Kindheit eine konventionelle katholische Erziehung erhalten, muß aber schon sehr früh als Jugendlicher die Ablösung vom kirchlich organisierten Christentum vollzogen haben. Nach seiner Rückkehr nach Portugal hat sich der junge Pessoa sehr bald dem hitzigen Antiklerikalismus angeschlossen, der die geistige Elite Portugals vor und nach dem Sturz der Monarchie im Jahre 1910 kennzeichnete und in der katholischen Kirche die Hauptursache für Portugals Verfall und Rückständigkeit zu finden glaubte. Mit dieser Haltung fügt sich der junge Dichter in eine lange Reihe portugiesischer Politiker und Literaten ein, die sich die geistige Erneuerung ihres Landes nur vermittels einer konsequenten Laizisierung und der vollständigen Ausschaltung jeglichen kirchlichen Einflusses auf Politik und Bildungswesen vorstellen konnten. Die erste portugiesische Republik hat erfolglos versucht, die Macht der katholischen Kirche durch die Trennung von Staat und Kirche und Eingriffe in die Volksfrömmigkeit zu brechen. Die Marienerscheinungen von Fátima sind, wie immer man zu ihnen stehen mag, Ausdruck der katholischen Reaktion auf die Unterdrückungsmaßnahmen der Republikaner, und man kann im Blick auf die portugiesische Gegenwart feststellen, daß die Dichotomie zwischen überwiegend agnostisch eingestellter intellektueller Oberschicht und dem im überlieferten religiösen Brauchtum verharrenden Volk immer noch fortbesteht. Nur erhofften sich nach 1910 die portugiesischen Intellektuellen alles von der jungen Republik, während sie heute in ihrer großen Mehrheit mit sozialistischen, ja sogar kommunistischen Idealen liebäugeln, wozu das immer noch allzu große Gefälle zwischen Armen und Reichen entschieden beiträgt. Das Volk seinerseits weiß zwar wenig über die christliche Religion, hängt aber an den religiösen Volksbräuchen und liebt die Pilgerfahrten nach Fátima. Pessoas neuheidnisches Programm, das, in der Verfasserschaft seiner Heteronyme Ricardo Reis und António Mora, erst aus dem Nachlaß in vollem Umfang sichtbar geworden ist, – der geistige Hintergrund für die Gedichte von Reis und Caeiro – entspricht auf der geistigen Ebene dem Antiklerikalismus der republikanischen Regierungen nach 1910.

Ein von Grund auf metaphysischer Geist wie Pessoa konnte sich jedoch auf die Dauer nicht mit einem schlichten Agnostizismus bescheiden. Nach 1914 hat er sich mit religiösen Strömungen der verschiedensten Art auseinandergesetzt, die ihm helfen sollten, das metaphysische Vakuum aufzufüllen. So übersetzte er theosophische Schriften von Annie Besant, Charles Landbeater und Mme. Blavatsky ins Portugiesische – auch von Rudolf Steiner hat er, wie seine Bibliothek ausweist, Kenntnis genommen – und seinem Freund Mário de Sá-Carneiro gegenüber gesteht er, seine neu gewonnene Kenntnis der Theosophie lasse ihn vermuten, dies könne die einzige brauchbare religiöse Welterklärung sein. Zur gleichen Epoche nahm der junge Pessoa an spiritistischen Sitzungen im Hause einer Tante teil und entdeckte bei sich die Befähigung zum Medium. Er versuchte sich in automatischen Niederschriften – wie ein paar Jahre später die Surrealisten – und staunte über seine gelegentliche Fähigkeit, anderen Menschen auf offener Straße bis auf ihr Knochengerüst schauen zu können. Er passionierte sich auch für die Astrologie, stellte für sich, seine Freunde, seine Heteronyme und Portugal selbst Horoskope auf und plante ernstlich, seine Tätigkeit als Handelskorrespondent aufzugeben und in Lissabon ein astrologisches Büro zu eröffnen. Ein Astrologe unserer Tage ist damit beschäftigt, Pessoas diesbezügliche Fragmente aus dem Nachlaß zusammenzustellen und zu publizieren.

In späteren Jahren hat sich der Dichter immer eingehender mit den europäischen Geheimorden befaßt: In seiner Bibliothek stehen englischsprachige Werke über die Rosenkreutzer-Bewegung, deren legendärem Gründer Pessoa drei Sonette gewidmet hat. Seine besonderen Sympathien haben dem verfolgten Orden der Tempelritter gehört, dem auch Stefan George im »Siebenten Ring« ein Preislied gewidmet hat. Der portugiesische Okkultismus-Experte Pedro Teixeira Mota behauptet sogar, Pessoa habe sich in die ersten drei Grade des 1888 – im Geburtsjahr des Dichters – stillgelegten Templerordens einweihen lassen, während Pessoa selbst in dem bekannten Brief an Adolfo Casais Monteiro abstreitet, irgendeinem Orden anzugehören. Tatsache ist jedoch, daß er noch in seinem Todesjahr 1935 in einer Lissaboner Tageszeitung vehement für die Freimaurerorden Partei ergriffen und ihr geplantes Verbot durch die Regierung Salazar angegriffen hat, was ihm scharfe Polemiken der katholischen Presse eintrug.

An den Geheimorden scheint den Dichter vor allem die Zeremonie der geheimnisvollen Einweihungen gefesselt zu haben. Sie stimmte offenbar zu seiner eigenen Grundüberzeugung von einer unsichtbaren Hierarchie der Geister, in der jedermann auch ohne Zugehörigkeit zu einem bestimmten Orden die ihm zukommende Stufe einnehme und im Verlauf der ewigen Wiederkehr alles Lebendigen aufsteige. Da Pessoa ein Dichter war, kann es nicht wundernehmen, daß er sich unter diesem Aufstieg innerhalb der Hierarchie gleichzeitig den Aufstieg des dichtenden Lehrlings zum Großmeister einer vollkommenen Kunst vorstellte und Shakespeare und Goethe als die höchsten Exponenten der Meisterstufe betrachtete. Der genannte Okkultismus-Forscher meint sogar, im Nachlaß des Dichters Entwürfe zu Ordensritualen gefunden zu haben, die die Vermutung nahelegen, daß der Dichter in seinen letzten Lebensjahren an die Gründung eines eigenen Ordens gedacht hat, zweifellos mit dem Ziel, die in der »Botschaft« prophezeite Erneuerung Portugals mit Hilfe geeigneter Mitstreiter vorwärtszutreiben. Zu Pessoas Vorstellung von der ewigen Wiederkehr und dem allmählichen Aufstieg der Eingeweihten gehört die Abwertung und endliche Aufhebung des Todes, die dem Leser als tröstliche Botschaft aus den »esoterischen Gedichten« entgegentritt.

Es ist jedoch gänzlich unmöglich, aus diesen Gedichten oder aus den von Yvette Centeno publizierten Nachlaßfragmenten über »Einweihung«, »Regierung der 300«, »Weg der Schlange« oder Kabbala, – die großenteils in englischer Sprache abgefaßt wurden –, das okkultistische Selbstverständnis Pessoas genau zu definieren. Deutlich wird lediglich, daß der Dichter gegen Ende seines Lebens eine gewisse Rückwendung zum Christentum, allerdings nicht zu den Kirchen vollzogen hat. So bezeichnet er sich selbst in einer späten autobiographischen Skizze als gnostischen Christen, was nichts anderes heißen kann als welt- und sinnenfeindlich, ganz im Sinne des Primats des Traums vor der Realität, den man in seiner gesamten orthonymen Lyrik feststellen kann, und geht mit keinem Wort auf sein früheres Neuheidentum ein. Mit seinem intensiven Interesse für Okkultismus und Theosophie steht Pessoa in der europäischen Geistesgeschichte nicht allein: er und der ihm geistesverwandte irische Dichter W. B. Yeats können auf eine lange Ahnenreihe europäischer Dichter des ausgehenden 18. und des 19. Jahrhunderts zurückblikken, die ebenfalls auf geheimen Wegen zum Weltverständnis vorzudringen hofften.

Wir verdanken Pessoas Beschäftigung mit dem Okkultismus und den Geheimorden einige seiner schönsten Gedichte (wie »Monte Abiegno« oder »Einweihung«). Zu seiner Vorstellung von einer Hierarchie der Geister gehört aber auch die Überzeugung von einer Hierarchie der Götter, die offenbar sein gnostisches Verständnis des Christentums ausmacht. Der Demiurg unserer Welt erscheint demnach als einem größeren, weiter entfernten Gott untergeordnet, und dieser wieder anderen Weltenschöpfern bis hin zum allmächtigen Schicksal, dem sich alle Götter zu beugen haben. *In nuce* ist der Bereich, in welchem sich die esoterischen Gedichte aufhalten, bereits in den 35 englischen Sonetten vorgebildet, die in den Jahren 1913 und 1914 entstanden sein dürften, ein Beweis für die unbeirrbare Hartnäckigkeit, mit der Pessoa der eigenen Thematik die Treue hielt und immer wieder zu ihr zurückkehrte.

*

Die »Botschaft«, der einzige Gedichtband, den Pessoa bei Lebzeiten zyklisch durchkomponiert und 1934 veröffentlicht hat, zeigt ihn in der Rolle des nationalen Utopisten. Auch wenn es für den nichtportugiesischen Leser schwieriger ist, zur »Botschaft« Zugang zu gewinnen als zur übrigen Lyrik des Portugiesen, ist dieser Aspekt seines Werkes für das volle Verständnis seiner Gesamtpersönlichkeit unentbehrlich. Die »Botschaft« ist von ihrer Gattung her betrachtet ein Versuch, das unzeitgemäß gewordene dichterische Epos durch die eposnahe zyklische Komposition kurzer Gedichte zu ersetzen. Mit der »Botschaft« antwortet der Dichter des 20. Jahrhunderts auf das portugiesische Nationalepos »Die Lusiaden« des Camões. Während Camões die Großtaten der Portugiesen bei der Entdeckung des Seewegs nach Indien durch Vasco da Gama und damit den imperialen Ausgriff seines Landes verherrlicht hatte, wendet sich der Dichter unseres Jahrhunderts an die Angehörigen eines in Dekadenz und Selbstvergessenheit abgesunkenen Volkes, um ihnen Mut für eine neue Mission in der Zukunft einzuhauchen. Der Kritiker Eduardo Lourenço bemerkt zu Recht, die »Botschaft« setze dort ein, wo die »Lusiaden« des Camões aufgehört hatten: sie erhebe nicht, wie der alte Nationaldichter, die geschichtlichen Taten der Entdeckerfahrten in den Rang eines Mythos, sondern sie gehe vom Mythos als der höchsten Realität aus und betrachte ihn als Bürgen für die »künftige Wahrheit eines wunderbaren

Schicksals«, angesichts dessen die großen Gestalten und Leistungen der altportugiesischen Geschichte nur als Zeichen dieser neuen Zukunftsbestimmung ihre Gültigkeit behalten. Daher steht in der »Botschaft« die mythische Bedeutung der gefeierten Gestalten im Vordergrund, nicht ihr historisch überliefertes Bild. Odysseus, der sagenhafte Gründer Lissabons, ist ebenso eine solche mythische Gestalt wie König Sebastian, dessen historische Persönlichkeit nicht im geringsten mit seiner Bedeutung als Symbolfigur übereinstimmt.

Mit der »Botschaft« hat Pessoa Portugals Namen zu erhöhen gesucht, wie er dies in einem jugendlichen Brief aus dem Jahre 1914 an seinen Freund Côrtes-Rodrigues als seinen Lebensauftrag beschrieben hatte. In seinem ersten Teil enthält der Zyklus Preisgedichte auf die überragenden Gestalten der heroischen Epoche Portugals, vom sagenhaften Stadtgründer Lissabons, Odysseus, über den Freiheitskämpfer gegen die Römer, Viriatus, und den ersten König bis hin zu dem unglücklichen König Sebastian, mit dessen Niederlage auf dem Schlachtfeld in Marokko (1578) die imperiale Zeit Portugals zu Ende geht. Über die Könige der Bragança-Dynastie – nach der Wiederherstellung der Unabhängigkeit von Spanien im Jahre 1640 – schweigt sich der Dichter aus, weil er die Jahrhunderte nach der Befreiung von der Fremdherrschaft offenbar schon zur Epoche der Dekadenz gezählt hat. Ebenso schweigt er sich aus über seinen Vorgänger, den Nationaldichter Luís de Camões, der vielen Portugiesen noch heute als Sinnbild der kulturellen Eigenständigkeit ihres Landes gilt; Pessoa hat ihn weniger geschätzt als Dante oder Milton und als mythische Figur für die Erneuerung seines Landes ungeeignet befunden.

Bei seiner Prophezeiung einer neuen Mission für Portugal stützte sich Pessoa auf zwei mythische Traditionen, die er als die allein eigenständigen seines Landes betrachtete: Auf den Sebastianismus und die Idee des Fünften Reiches. Nach Ansicht des Dichters sind nur diese beiden Mythen keine ideologischen Importe aus dem Ausland wie Liberalismus oder Sozialismus, sondern echt portugiesische Schöpfungen und daher geeignet, anstelle ausländischer Geistesmächte, zu denen Pessoa auch den Katholizismus zählte, in den neuen Entwurf für Portugals Zukunft aufgenommen zu werden. Der Dichter war sich über den utopischen Charakter seines Entwurfes durchaus im klaren, wie man aus seinen Kommentaren zur »Botschaft« entnehmen kann. Ihm ist jedoch vor allem an der anspornenden Wirkung beider Mythen gelegen gewesen. Der Übersetzer hat es deshalb für nötig gehalten, der »Botschaft« erläuternde Seiten des Dichters zum besseren Verständnis von Sebastianismus und der Idee des Fünften Reiches folgen zu lassen.

Der nichtportugiesische Leser wird sich ohne Zweifel darüber wundern, daß ein so verstandesklarer Mensch, wie dies Pessoa gewesen ist, in seinen Werken Hoffnungen auf eine kulturelle Hegemonie seines Landes ausgesprochen hat, waren doch zu seinen Lebzeiten weitaus mehr als ein Drittel der Portugiesen Analphabeten (heute sind es immer noch 16%). In seiner »Botschaft« nimmt der Dichter jedoch die Freiheit des prophetischen Anrufs in Anspruch, und was wir Dante, Hölderlin oder Stefan George zubilligen, können wir ihm nicht verweigern. Wenn er dabei sein Ziel zu hoch steckt und von einem Fünften Reich mit portugiesischer Kulturhegemonie träumt, kann er sich dabei auf die produktive Macht der Narrheit berufen, ohne die es keinen Fortschritt in der Menschheit gibt und von der er selbst mit Bezug auf König Sebastian gesagt hat:

Was wäre der Mensch ohne Narrheit wert,
lebender Leichnam, der sich vermehrt?...

Er wollte Portugal aus lethargischer Erstarrung reißen und aus dem Geiste des Sebastianismus eine neue Mission zuweisen, die geistiger geartet wäre als Salazars faschistoide Konzeption eines konservativen Ständestaats. Eduardo Lourenço hat scharfblickend darauf hingewiesen, daß man über der vom Dichter betonten Zeitlosigkeit des prophetischen Anrufs die Abfassungszeit dieser Gedichte – überwiegend nach 1928, also nach Salazars Machtantritt – nicht völlig aus dem Auge verlieren dürfe. Auch wenn es Portugal nicht möglich sein solle, eine kulturelle Führungsrolle zu übernehmen – führt Pessoa in seinen Kommentaren zur »Botschaft« aus –, sei doch bereits die bloße Bemühung um ein so hohes Ziel verdienstlich. An dieser Stelle ist man versucht, auf die wachsende Bedeutung der portugiesischen Sprache in der Welt hinzuweisen, die heute über ca. 150 Millionen Sprecher verfügt und in wachsendem Maße schätzenswerte literarische Werke auf drei Kontinenten hervorbringt: in Brasilien, den früheren afrikanischen Besitzungen und in Portugal selbst, was man mit etwas gutem Willen als partielle Erfüllung von Pessoas Prophezeiungen ansehen kann.

Um die Vorstellungswelt des Sebastianismus besser zu begreifen, sollte sich der deutschsprachige Leser an Kaiser Friedrich Barbarossa im Kyffhäuser erinnern, von dem der alte Volksglaube annahm, er werde eines Tages wiederkehren und die imperiale Reichsherrlichkeit wiederaufrichten. Zwar glaubt bei uns heute niemand mehr, daß er seinen Bart aus dem Tischholz ziehen und mit seinen Mannen aus dem Berg hervorbrechen könne, aber die Vorstellung als solche ähnelt durchaus den Hoffnungen der Portugiesen, die Jahrhunderte hindurch von der Wiederkunft des bei Alcácer-Quibir gefallenen Monarchen träumten und ihn an einem nebligen Morgen samt seinen Getreuen auf einem Schimmel einreiten und ein Reich der irdischen Gerechtigkeit aufrichten sahen. Von dieser Wiederkehr haben nicht nur die Portugiesen, sondern auch die Armen Brasiliens geträumt, wie die dortigen sebastianistischen Volksaufstände im 19. und beginnenden 20. Jahrhundert beweisen, denen Ariano Suassuna in seinem Roman »Der Stein des Reiches« ein literarisches Denkmal gesetzt hat. Pessoa beruft sich auf den Mythos von König Sebastian, nicht auf sein historisches Vorbild, das die meisten Historiker als dekadenten Wirrkopf und fanatisierten Phantasten betrachten, der sich auch von den Bedenken seines Onkels Philipps II. von Spanien nicht abhalten ließ, Portugals Ritterschaft in der marokkanischen Wüste hinzuopfern. Heutzutage dürfte es nur noch wenige Sebastianisten in Portugal geben, aber ohne Frage treiben die Portugiesen immer noch einen Kult mit der Vergangenheit, mit der heroischen Epoche ihrer Seefahrer und Entdecker im 15. und 16. Jahrhundert, und es nimmt nicht wunder, daß von Pessoas Gesamtwerk die »Botschaft« in seiner Heimat am meisten geschätzt wird, weil sie dem anfälligen nationalen Selbstgefühl Auftrieb gibt.

Es ist gewiß als Ausdruck einer momentanen Entmutigung anzusehen, daß der Dichter in seinem Todesjahr, körperlich zermürbt durch den Alkohol und seelisch bedrängt durch die spürbare geistige Repression des »Estado Novo« Salazars, eine »Elegie im Schatten« (Elegia na Sombra) geschrieben hat, die wie ein alles zurücknehmendes Schlußwort zur »Botschaft« wirkt. Dieses umfangreiche, schwer übersetzbare Gedicht zählt alles auf, was sich in der Wirklichkeit des Jahres 1935 dem Anruf der »Botschaft« in den Weg stellte. Die »Elegie im Schatten« verhält sich zur »Botschaft« wie die Realität zur Utopie; freilich entwertet das nicht den Anruf als solchen – auch eingeschworene Kommunisten sind ja durch Hinweise auf die Fehlleistungen des realen Sozialismus nicht zu entmutigen – und insofern gilt Pessoas »Botschaft« nach wie vor, auch wenn die »Elegie« ihre hohen Erwartungen Lügen straft.

*

Die englischsprachige Lyrik Pessoas, von der unsere Auswahl die beiden unserer Ansicht nach überragenden Werke, die »35 Sonetts« und »Antinous«, berücksichtigt, ist ein unabtrennbarer Bestandteil seines Gesamtwerks. Als englischer Dichter hat er unter dem vielsagenden Namen Alexander Search begonnen, für den er sogar Visitenkarten drucken ließ und Unterschriften ausprobierte: Alexander, weil er nach Großem strebte, und Search, weil er sich noch auf der Suche wußte – 115 seiner Gedichte sind im Nachlaß erhalten geblieben und zeigen trotz aller Schülerhaftigkeit doch schon die Thematik des späteren portugiesischen Dichters. Das letzte datierte Gedicht Pessoas (vom 22. 11. 1935) – acht Tage vor seinem Tode abgefaßt – ist ebenfalls auf Englisch geschrieben und das rätselhafte, in seiner Schlichtheit rührende Dokument eines Todkranken, der sich nach dem geliebten Wesen sehnt; wer mit diesem und ähnlichen Gedichten der letzten Lebenstage gemeint ist, wissen wir nicht.

Die portugiesischen Kritiker haben es nicht gern, wenn man die enge Bindung ihres Super-Camões an die englische Sprache und Kultur zu deutlich hervorstreicht. Und doch ist nicht wegzuleugnen, daß Pessoas Bedeutung innerhalb der europäischen Literatur nicht zuletzt der Tatsache zu verdanken ist, daß er *zwei* Kulturen, der portugiesischen und der englischen, angehört und von der bedeutenderen englischen seine Wertmaßstäbe bezogen hat. Seine in Durban (Südafrika) genossene englische Schulbildung hat ihn sowohl vor der Gefahr der in Portugal drohenden Provinzialisierung wie auch vor der dort üblichen einseitigen Bindung an die französische Kultur bewahrt. Die portugiesischen Dichter und Intellektuellen stehen auch heute noch Frankreich nahe, wenngleich die Kenntnis des Englischen weiter verbreitet ist als zu Pessoas Zeiten, aber für die geistige Entwicklung eines Schriftstellers ist oftmals die Begegnung mit einer gegensätzlichen Kulturwelt förderlicher als die Nachahmung einer verwandten. Für Pessoa jedenfalls ist die englische Literatur beispielgebend gewesen, die André Gide als die reichste der Welt bezeichnet hat. Mit Shakespeare, nicht mit Camões hat Pessoa sich – in den Sonetten – messen wollen; mit Milton rivalisiert er, wenn er seine großen Álvaro de Campos-Oden planvoll komponiert; die englischen, nicht die portugiesischen Romantiker haben seine Jugenddichtungen inspiriert. Damit soll die Anregung durch bestimmte portugiesische Dichter, wie Cesário Verde, den Dichter von Lissabon, nicht verkleinert werden. Es bleibt auch wahr, daß über dem englischen Teil seines Werkes, der recht beträchtliche Ausmaße erreicht, wenn man die Prosaentwürfe hinzurechnet, ein Hauch von Vergeblichkeit liegt. Im Vorwort zur portugiesischen Ausgabe der bei Lebzeiten veröffentlichten »English Poems« hat der verstorbene Dichter und Pessoa-Interpret Jorge de Sena der Frage nachzugehen versucht, weshalb Pessoas Versuche, sich als Dichter in England Gehör zu verschaffen, ergebnislos geblieben sind. Er macht dafür außer der unterschiedlichen literarischen Situation in Portugal und England in letzter Instanz den britischen Hochmut haftbar, der grundsätzlich nicht zugeben wolle, daß ein Ausländer wie ein Engländer schreiben könne. Heute gibt es zwar verschiedene Übersetzungen von Pessoas Werken in England und den USA, aber seine Wirkung ist bei weitem nicht so beträchtlich wie in Spanien, Frankreich oder Italien. Jorge de Sena hat auch darauf hingewiesen, daß der Dichter seine in Südafrika erworbenen englischen Sprachkenntnisse nie in England selbst erprobt, sondern in Lissabon als Kunst- und Geheimsprache weiterentwickelt hat, während seine Stiefbrüder zur Ausbildung nach England gingen und dort ihre gesamte Berufstätigkeit ausübten. Immerhin: Dem Gymnasium von Durban verdankt Pessoa seine gediegene klassische Bildung; außerhalb des englischen Kulturbereichs hätte sich seine Begeisterung für die griechische Geisteswelt niemals so stark entwickeln können, daß daraus etwas den Oden Ricardo Reis' und der »Rückkehr der Götter« António Moras Vergleichbares hätte entstehen können. In früheren Zeiten hat in Portugal die lateinische Sprache und Literatur eine formende Rolle gespielt; heute sind beide acht- und gedankenlos in den Winkel verwiesen worden, – in einem romanischen Land eine merkwürdige Gleichgültigkeit! – aber eine am griechischen Ideal orientierte Geistesströmung wie im englischen und deutschen Kulturbereich hat es in Portugal nie gegeben.

Immer wieder haben Anglisten dem Übersetzer versichert, Pessoas englischsprachige Dichtung sei, verglichen mit der literarischen Situation in England, anachronistisch und sprachlich anfechtbar. In Pessoas Bibliothek findet sich kein Hinweis darauf, daß er seinen Jahrgangskollegen T.S. Eliot oder Ezra Pound gelesen hätte. Der einzige jüngere englische Dichter, über den wir Urteile finden, war W.B. Yeats, der mit Pessoa die Vorliebe für den Okkultismus gemeinsam hat. In seinem »Ultimatum« von 1917 belustigt sich Álvaro de Campos über Yeats' »Celtic Revival«. Auch die übrigen englischen Autoren der Epoche, H.G. Wells, G.B. Shaw, A. Huxley oder Chesterton, hat Pessoa – im »Herostrat«-Fragment nachlesbar – äußerst abschätzig beurteilt.

Nachdem Pessoas englische Gedichtsammlung »The mad Fiddler« – 1916, mitten im Ersten Weltkrieg – von einem englischen Verlag kurz und bündig abgelehnt worden war, hat der Dichter die englischen Gedichte, auf die er am meisten hielt, 1918 und 1921 in Lissabon im Selbstverlag herausgegeben. Von den 1918 publizierten »35 Sonetts« vermutet Jorge de Sena wohl zu Recht, sie seien 1913, also vor der Entstehung der Heteronyme, entstanden. In der Tat schreibt Pessoa seinem Freund Armando Côrtes-Rodrigues in einer autobiographischen Skizze: »Als er in der Rua da Glória wohnte, fand er in den Sonetten Shakespeares eine Komplikation, die er in einer modernen Fassung nachbilden wollte, und dies ohne einen Verlust an Originalität und Individualität. Nach einiger Zeit verwirklichte er diesen Plan.« Der Kritiker von »The Times Literary Supplement« fand an diesen Sonetten die hohe Virtuosität und ultra-elisabethanische Sprachhaltung bemerkenswert. Die 35 Sonette bieten Gedankenlyrik, große Gedankenlyrik, die man nicht, wie Jorge de Sena dies tut, als »Exerzitien« oder »Nachahmungen von Äußerlichkeiten der elisabethanischen Lyrik des 16. Jahrhunderts« abtun darf. Denn diese englischen Sonette sind zyklisch komponiert und enthalten im Kern alle wichtigen Themen seiner Lyrik, z.B. das dialektische Verhältnis zwischen Traum und Wirklichkeit, die Lähmung des Handelns durch die Überlast der Gedanken, das Spiel mit den Masken des Ichs und die Sorge um das Überleben des eigenen Werkes.

Auch wenn Einzelheiten der Sonette Kopfzerbrechen verursachen, sind sie doch grundsätzlich – wie alle klassisch orientierte Kunst – wie die ganze Pessoasche Lyrik auf Verstehbarkeit hin angelegt und weit entfernt von der Freude am dunklen Wort, die in der zeitgenössischen Lyrik Europas vorherrscht. Weder prunkt Pessoa mit einer alexandrinischen Belesenheit wie T.S. Eliot in »The Waste Land« noch wünscht er sich findige Philologen zu Lesern wie Ezra Pound; vielmehr versucht er, die Existenzprobleme aller denkenden Menschen verständlich auszuformulieren. Die düstere Größe, die von den 35 Sonetten ausstrahlt, ist dem Schicksal des Menschen in der heutigen Welt angemessen; das tragische Lebensgefühl der Menschen des 20. Jahrhunderts ist in jedem einzelnen Sonett konzentriert enthalten.

*

Der Verfall der klassischen Bildung im Gefolge unseres Abrückens vom humanistischen Gymnasium und nicht endenwollender Schulversuche hat auch die Gestalt des Antinous von uns entfernt, die noch um die Jahrhundertwende zum Gemeingut der europäischen Bildung gehört hat. Ursprünglich wollte der Dichter einen fünfteiligen Zyklus erotischer Gedichte in englischer Sprache abfassen und dabei die Manifestationen der Geschlechtsliebe in den vergangenen Epochen unserer Kultur nachgestalten. Vollendet wurden von diesem ausgreifenden Plan nur der »Antinous« und das »Epithalamium«; letzteres schildert, der spätantiken Lyrik nachgeformt, die Erlebnisse einer Braut bei der Entjungferung und ist als Kunstwerk, nach Aussage aller Kritiker, gänzlich mißlungen. Der Übersetzer hat keinen Drang gespürt, dieses verfehlte Gedicht zu übertragen. Dem »Antinous« hingegen hat die englische Zeitschrift »The Athenaeum« 1919 bescheinigt: »The theme is often repellent, but certain passages have unquestionable power.« Dem Übersetzer erscheint dieses Urteil als durchaus untertrieben.

»Antinous« ist, von der großen »Meeres-Ode« des Álvaro de Campos abgesehen, das einzige Beispiel erzählender Lyrik innerhalb von Pessoas Werk. Das Thema gehört in den Bannkreis des Ästhetizismus im Fin-de-Siècle. Antinous wie Ganymedes waren geradezu Leitfiguren dieses Ästhetizismus; sie versinnbildlichen die homoerotische Liebe, und es ist gewiß kein Zufall, daß Pessoa sein Gedicht zur gleichen Zeit geschrieben hat, in der er seinen António Mora und seinen Ricardo Reis die Essayfragmente »Die Rückkehr der Götter« verfassen läßt, die wir im Zusammenhang der ästhetischen Schriften vorlegen wollen. Es fehlt in Pessoas Werk nicht an Hinweisen auf homoerotische Neigungen, die beim Dichter nie bis zur Praxis gediehen sind. Álvaro de Campos ist offenkundig bisexuell veranlagt, und Pessoa selbst hat seinen Freund António Botto, den Dichter der homoerotischen Liebe, vehement gegen alle Verleumder verteidigt und sich damit im prüden Lissabon der Zwanziger Jahre uneingeschränkt auf die Seite einer verfolgten Minderheit gestellt. Wohl nicht ohne Grund hat er jedoch den »Antinous« in englischer Sprache geschrieben, aber in Portugal, nicht in England veröffentlicht.

Über Kaiser Hadrians Beziehungen zu seinem jungen Freund wissen wir alles, was man darüber recherchieren kann, neuerdings aus Marguerite Yourcenars »Hadrians-Memoiren«. Es bleibt ein Geheimnis, ob der schöne Jüngling, den der Kaiser auf seinen unermüdlichen Reisen durch das Römische Weltreich in Bithynien kennengelernt hatte, bei einer Nilfahrt einem Unfall zum Opfer fiel oder ob er sich freiwillig opfern wollte, um das Leben seines kaiserlichen Freundes zu retten. Hadrian hat ihn um acht Jahre überlebt (er starb 138 n.Chr.) und den toten Liebling in den Rang der Götter erhoben. Die Antinous-Verehrung bezeichnet ein letztes Aufflackern des antiken Götterkults vor seiner Zerstörung durch das siegreiche Christentum. Zahlreiche Bildwerke sind uns aus der Antike überliefert und bezeugen die Faszination, die die Gestalt des ewig jungen Gottes – »Wen die Götter lieben, der stirbt früh« – auf die Nachwelt ausgeübt hat. Das ausgehende 19. Jahrhundert hat sich des Antinous in Vers und Essay entsonnen und an ihr die neuheidnische Sinnenfreude und die mit einem Tabu belegte Homosexualität verherrlichen wollen. Die Wahl der Form der Elegie hat jedoch Pessoas Gedicht bis zu einem gewissen Grad entsinnlicht; denn der Kaiser evoziert die genossenen Sinnesfreuden vor dem Leichnam seines Geliebten. In V. 226 klingt unüberhörbar Nietzsches Zarathustra-Gedicht »O Mensch! Gib acht! ...« durch: »Denn alle Lust will Ewigkeit, will tiefe tiefe Ewigkeit«. (Das gleiche Gedicht hallt auch im esoterischen »Jenseits von Gott« (Teil III) von 1913 nach.) Trotz seines erzählenden und rhetorischen Charakters bietet Pessoas »Antinous« ein einprägsames Beispiel für Möglichkeiten und Grenzen seiner englischsprachigen Lyrik, die es in ihrer Gesamtheit mit der Ausdruckskraft seiner portugiesischen Gedichte nicht aufnehmen kann.

Abschließend möchte der Übersetzer Bruno Linnartz, seinem zeitweiligen pädagogischen Weggefährten, für Rat und Tat bei der korrekten Übertragung der englischsprachigen Texte herzlich danken. Außerdem dankt der Übersetzer Pedro Teixeira Mota für die Überlassung zweier noch nicht veröffentlichter esoterischer Gedichte: »Umschattet mußte ich ...« (S. 36/7) und »Warum willst du in Tränen gehen« (S. 50/1).

Georg Rudolf Lind

Inhalt

Esoterische Gedichte

Fernando Pessoa

Alberto Caeiro / Dichtungen
Ricardo Reis / Oden
Portugiesisch und Deutsch. Band 9132

»Algebra der Geheimnisse«
Ein Lesebuch
Mit Beiträgen von Georg Rudolf Lind,
Octavio Paz, Peter Hamm und Georges Güntert
Mit zahlreichen Abbildungen
Band 9133

Álvaro de Campos
Poesias / Dichtungen
Portugiesisch und Deutsch. Band 10693

Ein anarchistischer Bankier
Band 10306

Esoterische Gedichte /
Mensagem / Englische Gedichte
Portugiesisch, Englisch und Deutsch
Band 12182

Das Buch der Unruhe
des Hilfsbuchhalters Bernardo Soares
Band 9131

Dokumente zur Person und
ausgewählte Briefe
Band 11147

Fischer Taschenbuch Verlag

fi 1808 / 2

Jorge Luis Borges
Werke in 20 Bänden

Herausgegeben von
Gisbert Haefs und Fritz Arnold

Als Textgrundlage dienen die Gesamtausgaben *Obras completas* (1974/1989) und *Obras completas en colaboración* (1979) sowie später veröffentlichte Einzelbände. Alle Texte sind vollständig und werden in der von Borges zuletzt bestimmten Fassung wiedergegeben. Die bisher vorliegenden Übersetzungen wurden von Gisbert Haefs revidiert bzw. ergänzt, bisher auf Deutsch unveröffentlichte Texte neu übersetzt. Die Gedichtbände sind zweisprachig. Jeder Band enthält ein editorisches Nachwort und Anmerkungen.

Mond gegenüber
Gedichte 1923 - 1929
Fervor de Buenos Aires / Buenos Aires mit Inbrunst
Luna de enfrente / Mond gegenüber
Cuaderno San Martín / Notizheft San Martín
Band 10577

Kabbala und Tango
Essays 1930 - 1932
Evaristo Carriego / Evaristo Carriego
Discusión / Diskussionen
Band 10578

Niedertracht und Ewigkeit
Erzählungen und Essays 1935 - 1936
Historia universal de la infamia /
Universalgeschichte der Niedertracht
Historia de la eternidad / Geschichte der Ewigkeit
Band 10579

fi 1599 / 4 a

Jorge Luis Borges · Werke in 20 Bänden

Von Büchern und Autoren
Rezensionen 1936 - 1939
Textos Cautivos
Band 10580

Fiktionen
Erzählungen 1939 - 1944
Ficciones
Band 10581

Das Aleph
Erzählungen 1944 - 1952
El Aleph
Band 10582

Inquisitionen
Essays 1952
Otras Inquisiciones; früherer Titel ›Befragungen‹
Band 10583

Einhorn, Sphinx und Salamander
(mit Margarita Guerrero)
Manual de zoología fantástica /
Libro de los seres imaginarios/
Handbuch der phantastischen Zoologie 1957/1968
Band 10584

Borges und ich
Gedichte und Prosa 1960
El Hacedor
Band 10585

Die zyklische Nacht
Gedichte 1930 - 1965
El otro, el mismo / Der Andere, der Selbe
Para las seis cuerdas / Für die sechs Saiten
Band 10586

fi 1599 / 6 b

Jorge Luis Borges · Werke in 20 Bänden

Das Buch von Himmel und Hölle
(mit Adolfo Bioy Casares)
Anthologie 1960
El libro del cielo y del infierno
Band 10587

Schatten und Tiger
Gedichte 1966 - 1972
Elogio de la sombra / Lob des Schattens
El oro de los tigres / Das Gold der Tiger
Band 10588

Spiegel und Maske
Erzählungen 1969 - 1985
El informe de Brodie / David Brodies Bericht
El libro de arena / Das Sandbuch
La memoria de Shakespeare / Shakespeares Gedächtnis
Band 10589

Rose und Münze
Gedichte 1973 - 1977
La rosa profunda / Die tiefe Rose
La moneda de hierro / Die eiserne Münze
Historia de la noche / Geschichte der Nacht
Band 10590 (in Vorbereitung)

Buch der Träume
(mit Roy Bartholomew)
Anthologie 1976
El libro de los sueños
Band 10591

Die letzte Reise des Odysseus
Essays 1979 - 1982
Borges, oral / Borges, mündlich · *Siete noches* / Sieben Nächte
Nueve ensayos dantescos / Neun danteske Essays
Band 10592

fi 1599 / 6 c

Jorge Luis Borges · Werke in 20 Bänden

Besitz des Gestern
Gedichte 1981 - 1985
La cifra / Die Ziffer
Los conjurados / Die Verschworenen
Band 10593
(in Vorbereitung)

Persönliche Bibliothek
Vorworte 1975 - 1985
Prólogos / Vorworte
Biblioteca personal / Persönliche Bibliothek
Band 10594
(in Vorbereitung)

Mord nach Modell
(mit Adolfo Bioy Casares)
Erzählungen 1942 - 1946
Seis problemas para don Isidro Parodi /
Sechs Aufgaben für Don Isidro Parodi
Dos fantasías memorables / Zwei denkwürdige Phantasien
Un modelo para la muerte / Ein Modell für den Tod
Band 10595

Zwielicht und Pomp
(mit Adolfo Bioy Casares)
Erzählungen 1967 - 1977
Crónicas de Bustos Domecq /
Chroniken von Bustos Domecq
Nuevos cuentos de Bustos Domecq /
Neue Geschichten von Bustos Domecq
Band 10596

Fischer Taschenbuch Verlag

fi 1599 / 4 d